D1524442

GERNIKA

Copyright © 2016 Mario Escobar

Todos los derechos reservados.

Gernika

MARIO ESCOBAR

Contenido

«Si ganan los nacionales no habrá fascismo, lo que habrá será una dictadura militar y eclesiástica de tipo español tradicional, sables, casacas, y desfiles militares, homenajes a la Virgen del Pilar. El país no da para más».

Manuel Azaña

«Falange Española de las J.O.N.S. no es un movimiento fascista; tiene con el fascismo algunas coincidencias en puntos esenciales de valor universal; pero va perfilándose cada día con características peculiares y está segura de encontrar precisamente por ese camino sus posibilidades más fecundas».

José Antonio Primo de Rivera

«Ha de advertirse a los tímidos y vacilantes, que el que no esté con nosotros, está contra nosotros, y que como enemigo será tratado. Para los compañeros que no son compañeros el movimiento triunfante será inexorable».

General Mola

«La verdadera tragedia de España fue la muerte de Mola; ese era el verdadero cerebro, el verdadero jefe. Franco llegó a lo más alto como Poncio Pilatos en el credo».

Adolf Hitler

«Sin duda Franco se siente aliviado por la muerte del general Mola».

Von Faupel, embajador alemán en España

«"¿Se acuerda usted de Gernika?". "Un momento —respondió Göring—. ¿Gernika, dice? Recuerdo. En efecto, fue una especie de banco de pruebas para la Luftwaffe"».

Mariscal del Aire Göring durante el interrogatorio del Juicio de Núremberg

Prólogo

Las piedras rojizas de Salamanca asomaron desde el sendero y el hombre se detuvo unos instantes para contemplar las torres de las iglesias de la ciudad. Onésimo había estudiado allí veinte años antes, junto a aquellas calles de piedra que simbolizaban en cierto sentido la fuerza y el poder de la Iglesia. Después de varios años en América, ahora le parecía un tiempo lejano y un país extraño. Demasiadas cosas habían cambiado en muy pocos años. La caída del Rey, la ansiada República, los disturbios y la quema de iglesias, los rumores de revolución y después la guerra. Parecía como si la historia se hubiera concentrado y tuviera prisa por terminar con todo lo que él, unos años antes, había creído inamovible e inmutable. Hasta la existencia de Dios era asunto de discusión.

Se ajustó el macuto y sintió un nudo en el estomago. Su misión no era fácil. Llevaba una carta escrita de puño y letra por el propio papa; pero en aquella España, confusa y turbulenta, nada aseguraba el éxito de su tarea.

El obispo de Bilbao y el lehendakari Aguirre no se ponían de acuerdo. El obispo quería que se negociara una paz por separado con los italianos; por el contrario, el cardenal Pacelli había prometido que el papa obligaría a Franco y a sus generales a aceptar el acuerdo bajo pena de excomunión si era necesario, pero Aguirre pensaba que si Franco y Mola no estaban conformes, ni el papa podría lograr un alto fuego en el frente norte.

Una patrulla se aproximó al clérigo y un sargento bajó de la destartalada camioneta para pedirle los papeles.

—¡Ostias, es vasco! —dijo el sargento sorprendido—. ¿Qué hace tan lejos de su casa, padre? ¿No sabe que estamos en guerra?

—Tengo que entrevistarme inmediatamente con el general Mola, es un asunto muy urgente.

—¿El general Mola? El general no está en Salamanca —dijo el sargento jugueteando nervioso con los papeles del cura.

—No es posible, me han asegurado que está en la ciudad. ¿Dónde se encuentra el general? —preguntó el sacerdote impaciente.

—Esa es información secreta. Me tendrá que acompañar, padre —dijo el sargento indicándole que trepara a la camioneta.

Le ayudaron a subir. El vehículo cambió de dirección, metiéndose peligrosamente en la cuneta; después regresó al camino, descendiendo a toda velocidad hacia la ciudad de piedra.

Llevaron al sacerdote hasta una plaza irregular y aparcaron frente a lo que en otros tiempos había sido un colegio religioso. En la entrada dos soldados les dieron paso y el sargento siguió su camino, sin soltarle el brazo al religioso, por lo que debió ser en otro tiempo un antiguo claustro. Después, llamó con los nudillos sobre una gruesa puerta de madera y entró sin esperar contestación.

—Le dejo al sospechoso. Es un cura vasco y quiere ver al general Mola —dijo el sargento al ayudante.

Este asintió y con un ademán invitó al sacerdote a que se sentase.

—No tardará mucho —dijo el ayudante mirando la puerta cerrada de enfrente—. Ha tenido suerte.

—Me han dicho que no se encontraba en la ciudad —dijo Onésimo sorprendido.

—Ha llegado esta misma mañana —contestó el ayudante—, aunque le recibirá primero el director del SIM[1].

El sacerdote se sentó en un sofá de terciopelo rojo, ajado y con visibles manchas de sangre. Intentó concentrarse en alguna oración, pensar en su vida de seminarista en Salamanca, pero no ignoraba que las cosas no estaban saliendo como las tenía previstas.

La puerta del despacho se abrió y apareció un hombre vestido de civil. Apenas cruzaron la mirada cuando el ayudante le invitó a pasar.

[1] Servicio de Información Militar creado por Franco en 1937.

Un hombre con el pelo corto, de facciones vulgares, ojos saltones y semblante serio le observó desde la mesa del despacho.

—Padre Onésimo Arzalluz, creo que anda un poco lejos de Las Vascongadas —dijo leyendo sus papeles.

—Vengo en misión especial con una carta del papa…

—¿Una carta del papa? —preguntó el oficial levantándose de la silla.

—Disculpe —dijo el sacerdote después de tragar saliva—. Tengo una misión especial, soy un negociador, debo ver al general Mola de inmediato.

—¿No sabe quién soy yo? —dijo el oficial mirando fijamente al sacerdote.

El hombre no supo qué decir, simplemente encogió los hombros y agachó la cabeza.

—Soy José Ungria, el director del SIM. ¿Por qué su propuesta de negociación no ha utilizado los canales habituales? —preguntó Ungria.

El sacerdote comenzó a sudar, levantó la vista y observó el rostro impaciente del director del SIM. Después pronunció unas palabras que dejaron boquiabierto al oficial.

—El PNV está dispuesto a rendirse sin condiciones, pero antes tengo que ver urgentemente al general Mola.

Primera parte
El amigo del Führer

1

El soldado alemán intentó bajarse los pantalones, pero la mujer le tiraba de ellos y terminó cayendo sobre la cama. La prostituta soltó una carcajada mientras el soldado maldecía en su idioma. Al final se liberó de la ropa y se lanzó sobre la mujer. Los muelles comenzaron a chirriar con el bamboleo de los dos cuerpos. La prostituta se subió sobre el alemán y comenzó a acariciarle el pelo rubio, cortado a cepillo, mientras sus rizos negros le velaban en parte la cara. La puerta se entreabrió lentamente, pero ninguno de los dos se percató del intruso que les observaba desde el umbral. Después, el desconocido entró en el cuarto y se quedó unos segundos en silencio.

—Rügen Soldado —dijo el intruso.

El joven se giró y miró confundido al hombre. No le reconoció. Vestía gabardina gris, un sombrero de ala ancha que le ensombrecía la cara y unas gafas oscuras, a pesar de ser noche cerrada.

El alemán intentó incorporarse mientras se subía los pantalones. Tiró de ellos, pero se le engancharon en los pies. Levantó la cabeza y pudo advertir la pistola que apenas brillaba bajo la luz mortecina del cuarto.

—¡No! —gritó abalanzándose sobre el desconocido.

Dos fuertes detonaciones retumbaron por el cuarto. A la mujer le parecieron dos petardos, como los que se arrojaban al paso de los novios en su Valencia natal, pero cuando vio el cuerpo esbelto y joven del alemán tendido en el suelo y el charco de sangre, comenzó a gritar con los ojos cerrados y tapándose la cara con las manos. El hombre apuntó a la mujer, pero justo cuando estaba a punto de disparar comenzó a

15

escuchar voces en el pasillo. Miró hacia la puerta, guardó el arma y se esfumó de la habitación.

En el pasillo, media docena de soldados y prostitutas corrían medio desnudos. Algunos estaban armados, pero nadie reparó en él. Caminó deprisa hasta la planta baja y salió a la fría noche salmantina. Antes de girar la calle echó una última mirada al edificio. Todas las ventanas estaban iluminadas, pero la calle se encontraba tranquila, como si los españoles ya se hubieran acostumbrado a escuchar tiros a media noche.

2

Hugo Sperrle entró en el despacho resoplando como un toro a punto de embestir. Su ceño fruncido, el pelo peinado hacia atrás, los ojos fríos e inexpresivos, le daban un aire de oficial prusiano que al general Mola le exasperaba. El ejército español siempre había sido pro alemán y muchos oficiales españoles habían estudiado o visitado el Tercer Reich para admirar sus grandes logros militares, pero aquella era su guerra y ningún maldito germano le levantaba la voz en su despacho.

—¡General Mola, esto es inadmisible!

—Tranquilícese, Sperrle, será mejor que se siente y me cuente lo que ha sucedido —dijo Mola con el labio torcido en una sonrisa forzada.

—¿No sabe lo que ocurrió anoche? —preguntó el alemán con los ojos desorbitados.

—¿Anoche? ¿Hubo alguna misión especial anoche? —dijo Mola extrañado.

—No. ¿Es que no le informan de lo que pasa enfrente del propio cuartel general?

Mola se removió inquieto en su silla y dejó que el alemán se sentara antes de seguir hablando.

—Uno de mis chicos ha sido asesinado en…

—¿Asesinado? —le interrumpió el general Mola.

—Sí, estaba de permiso en la ciudad. Ya sabe que los chicos están deseando salir de Burgos; en cuanto tienen unos días de permiso se

17

vienen a Salamanca, allí las autoridades municipales son tan estrictas que no permiten prostíbulos.

—Ya está al corriente de que en algunas cosas España sigue siendo un país mojigato. Si yo le contara como son las putas en Marruecos, eso si que es una delicia… —dijo Mola rememorando sus años en el Protectorado.

—No he venido para hablar sobre putas, general. Un joven oficial, un piloto, ha sido asesinado en un prostíbulo ayer por la noche. Vieron a un tipo que escapaba en medio del tumulto, pero nadie ha podido identificarlo —dijo Sperrle hastiado. Llevaba un año organizando a la Legión Cóndor, lejos de su familia y sus amigos; aquella guerra cada vez se alargaba más, pero a los malditos generales españoles no parecía importarles demasiado.

—Será algún ajuste de cuentas, a veces entre los soldados hay disputas amorosas o de juego.

—Lo dudo, el trabajo fue realizado por un profesional, no por un soldado borracho. Alguien le disparó a bocajarro, con frialdad y la intención de matar —dijo Sperrle.

—¿Para eso ha venido? Ordene una investigación de la Policía Militar de la Legión Cóndor y asunto resuelto —aconsejó el general Mola.

—El asunto no es tan simple. El joven asesinado no es un pobre desgraciado de los muchos que han terminado aquí por una paga mísera, el muerto es el hijo de una amiga íntima de Hitler.

—¿Qué? —dijo Mola, recuperando el interés de repente.

—Es un joven de la alta sociedad, un idealista que se alistó voluntario. Su familia es la dueña de la industria del hierro y del acero en Alemania, no se conformarán con un informe de la policía militar —dijo el alemán alzando la voz.

—Comprendo.

—Tenemos que resolver este asunto de manera rápida y discreta. Disponemos de dos días antes de informar a la familia y otros dos días mientras les llega el cuerpo.

—No tenemos mucho tiempo, pero creo que conozco al hombre adecuado. Un antiguo comisario de Santander, Alfonso Ros. Aunque creo que será mejor hacer una comisión conjunta, seguramente tendrán que interrogar a soldados alemanes y mis hombres no hablan alemán —dijo Mola.

—Les enviaré a uno de nuestros mejores hombres —dijo Sperrle levantándose bruscamente.

El comandante miró al español directamente a los ojos. Después levantó la mano e hizo el saludo nazi. Mola apenas alzó el brazo; no se acostumbraba a aquellos juegos romanos. Él era un monárquico convencido y toda aquella pantomima fascista no le impresionaba en absoluto. Mussolini no dejaba de ser un comunista renegado y Hitler un cabo charlatán, pero sabía que sin la ayuda de ambos no ganarían la guerra. Procuraba llevarse bien con unos y otros. Quería seguir siendo la alternativa a Franco. Al fin y al cabo, él era el que había organizado el golpe junto a Sanjurjo, había coordinado la operación y la había dirigido hasta que Franco había aterrizado en la Península. Aquella maldita guerra poco tenía que ver con el golpe de estado sencillo y limpio que tenían planeado. En veinticuatro horas la suerte de la República se habría decidido, se habría formado un gobierno de concentración presidido por él, se habría restablecido a Alfonso XIII por unos días para que abdicara en su hijo y en unos años se habría devuelto el orden constitucional. En cambio, ahora el baño de sangre no dejaba de repugnarle. Era consciente de que había radicales irrecuperables en ambos bandos que era mejor eliminar, pero España estaba destrozada y cada día que pasaba se acercaban más hacia el abismo. Tenía que parar esa guerra cuanto antes, un conflicto prolongado solo beneficiaba a Franco y a los arribistas de turno, que esperaban sacar un buen pellizco del conflicto. Él era el hombre más indicado para salvar a España antes de que fuera demasiado tarde.

—No se preocupe, descubriremos al asesino. Nuestra amistad con Alemania es inquebrantable —dijo Mola limpiándose las gafas con indiferencia. Mientras, el alemán dejaba la sala.

3

Salamanca, 11 de abril de 1937

Alfredo Ros observó la fachada del edificio, se paró delante y encendió un cigarrillo. No le habían adelantado mucha información, pero aquello parecía un caso importante. Por fin dejaría de rellenar informes y podría medrar en el ejército. Aspiró el cigarrillo con fuerza; aquel tabaco alemán era mucho mejor que la bazofia rusa que se fumaba en el otro bando. Después añoró la hermosa playa de Santander y su antiguo puesto de comisario. Aún recordaba los titulares del día de su nombramiento: «El comisario más joven de España». Ahora era un prófugo, un proscrito acusado de corrupción y un traidor. ¿No era ridículo?

Ros caminó hasta la entrada y ascendió las escaleras de dos en dos. Una entrevista con el mismo general Mola era mucho más de lo que esperaba conseguir después de tres meses en el Ejército Nacional. Su apellido y la reputación de su familia, los Ros de Cantabria, le habían abierto muchas puertas en aquellas pocas semanas. Llamó a la puerta y un secretario le pidió que esperase unos minutos. Observó el sofá y se situó a la derecha de un soldado alemán que apenas le dedicó una mirada cuando entró en el cuarto.

Tiene que ver con los alemanes, dedujo mientras seguía dándole vueltas a todo el asunto. Después miró a la ventana. Aquel mes de Abril era más frío de lo normal. No paraba de llover y en el frente, por lo que le habían contado, estaba todo enfangado. Aquella maldita guerra era un gran charco de mierda y sangre, su único deseo era mantenerse lo más alejado posible del frente y para eso debía hacerse imprescindible en Salamanca.

—Pueden pasar —dijo el secretario. Los dos hombres se miraron y se pusieron en pie a la vez. Al llegar a la altura de la puerta, el español hizo un gesto para que pasara el alemán.

—Señores —dijo el general. Su aspecto era más marcial que en las fotos, pensó Alfonso mientras saludaba a Mola—. Siéntense. Se preguntarán porqué les he mandado llamar. Sé que usted Alfonso, sirve en la recién creada policía militar y el teniente Raymond Maurer —dijo Mola hojeando el informe— es también policía militar. Según leo aquí, usted fue agente de policía en Hamburgo.

—Sí, señor —dijo el alemán en un perfecto castellano.

—Alfonso Ros fue comisario en Santander. ¿No le trataban bien los rojos, comisario? —preguntó irónicamente Mola.

—No tenía nada que ver con esos comunistas —contestó Alfonso.

El general Mola miró a los dos hombres y, adoptando una expresión grave, les pasó un informe por duplicado.

—Damian von Veltheim, capitán de la Escuadrilla Experimental de Bombarderos de la Legión Cóndor, hijo del industrial Thomas von Veltheim, fue asesinado ayer por la noche en un prostíbulo de la ciudad. Tienen que averiguar en cuatro días quién le mató y por qué. El resto de la investigación está en el informe. Les hemos creado pases especiales a todas las instalaciones y archivos del ejército español y alemán —dijo el general entregándoles unos salvoconductos.

—¿Nos está pidiendo que investiguemos un asesinato? —preguntó Alfonso sorprendido.

—Exactamente —contestó el general recostándose en la silla.

—En los tiempos que corren la muerte no debería ser causa de investigación. ¿No sería mejor mandar el fiambre a su casa con una medalla sobre la pechera y una bandera sobre el ataúd? —dijo Alfonso.

—¿Mentir? —dijo con voz estridente el alemán—. ¿Qué tipo de soldado es usted? El honor nos impide engañar a unos padres desconsolados.

Alfonso contempló los ojos azules de Raymond Maurer. La frialdad de su mirada no parecía corresponder con su rostro pecoso y sus suaves líneas faciales. Había estudiado algo de fisionomía y creía poder identificar cualquier gesto e intención de un individuo. Raymond parecía un tipo idealista e inocentón. Aunque sus conocimientos policiales no habían impedido que sus compañeros descubrieran los asuntos en los que estaba envuelto. La llegada de mercancías al puerto en plena guerra había hecho ricos a muchos, ¿por qué iba a quedarse él al margen? Todos robaban y se beneficiaban del caos producido por la guerra. Nunca pensó que falsificar informes en la aduana fuera a costarle el cargo.

Raymond intentó sostener la mirada, pero aquel policía español le ponía nervioso. Había algo en él que no le gustaba. No sabía si era su sonrisa cínica, sus bromas de mal gusto o su actitud desafiante. Había conocido a muchos tipos como él en Alemania. Aprovechados que se introducían en el partido nazi con la única intención de medrar. Por eso se alistó voluntario, prefería luchar en un país extranjero antes que ver cómo sus ideales iban convirtiéndose poco a poco en nada.

—Señores, espero que colaboren. Necesitamos descubrir al asesino cuanto antes, este incidente podría perjudicar gravemente las relaciones hispano-alemanas —dijo el general Mola.

Los dos soldados se pusieron firmes y se dirigieron hacia la entrada. Una vez fuera del despacho, se pararon uno frente al otro y permanecieron unos segundos en silencio.

—Será mejor que haga lo que yo le diga —comentó Alfonso mientras se encendía un cigarrillo.

El alemán le lanzó una mirada de arriba a abajo y le respondió:

—Si quiere que algún alemán hable con usted, será mejor que esté callado. A los alemanes no nos gusta que nos digan lo que tenemos que hacer. El muerto es germano, la investigación la hemos pedido nosotros y usted simplemente nos ayudará a interrogar a los testigos españoles.

Alfonso inspiró el humo del tabaco y lo soltó lentamente hacia el rostro del alemán. Raymond prefirió ignorarle, al fin y al cabo debían colaborar en los próximos días. Después salieron a la calle y caminaron en silencio bajo el cielo plomizo de Salamanca.

Aquel estúpido alemán no sabía con quién trataba, pensó el español mientras paseaban sobre el suelo empedrado. A su alrededor, la calma parecía alejar el fantasma de la guerra, pero el paso de unos aviones en vuelo casi rasante rompió el silencio de la ciudad y le devolvió bruscamente a la realidad. Aquel servicio podía asegurarle un puesto lejos del frente, no iba a meter la pata de nuevo. No, con aquel caso.

4

A lfonso apartó las sábanas arrugadas y se levantó aturdido. Permaneció unos instantes sentado sobre la cama, con la cara entre las manos y la mente en blanco. Sentía que la cabeza le iba a estallar. El día anterior, después de dejar a Raymond, había estado bebiendo con unos camaradas hasta el toque de queda. El maldito aguardiente que se servía en las tabernas de la ciudad tenía un sabor espantoso, pero lo peor era la resaca que dejaba a la mañana siguiente. Se puso frente al pequeño espejo roto y observó su cara sin afeitar. Su barba cerrada y negra apenas destacaba sobre la piel morena. El pelo comenzaba a escasearle por las sienes, pero era suficiente para mantener el aspecto juvenil que reflejaban sus vivaces ojos verdes.

Se comenzó a afeitar. Canturreó una copla mientras pasaba la navaja por el cuello largo y fuerte. Después se puso el uniforme que había dejado sobre una de las sillas. La ropa le olía a tabaco, alcohol y sudor, pero todavía conservaba algo del planchado del día anterior. Se ajustó la pistola y salió al pasillo de la pensión con paso arrogante. Aquel cuchitril no tenía nada que ver con la elegante casa en la que había vivido el último año, pero saber adaptarse a las nuevas circunstancias era una virtud. Además, aquello era preferible a estar en una trinchera embarrada en mitad del campo o en la cárcel. Se sentó en la mesa de la cocina y la hija de la dueña le puso un café con leche. Lo bueno de vivir en Salamanca era que allí podían encontrarse los mejores productos de toda España. Llegaban incluso alimentos de Alemania e Italia.

—Gracias, Conchita —dijo Alfonso sonriente.

La chica de dieciocho años le devolvió la sonrisa y se dirigió hasta el otro lado de la cocina. La jovencita era muy guapa. Grandes ojos negros, el pelo suelto y de color azabache, enmarcado en un rostro angelical. Alfonso se imaginó por unos instantes en la cama de su cuarto con aquel pedazo de hembra, pero decidió centrar sus pensamientos en algo más productivo.

El caso que tenía delante era la oportunidad perfecta para situarse en el futuro estado; ya se encargaría al finalizar la guerra de ir a Santander y echar tierra sobre los desgraciados delitos de los que se le acusaba.

Apuró el café y salió a la calle. El SIM le había facilitado un vehículo, un lujo en plena guerra, con suficiente gasolina para llegar a Portugal si las cosas se torcían.

Raymond Maurer miró el reloj de pulsera y volvió a resoplar. Aquel maldito español llegaba con retraso. Sabía que en España la puntualidad era inexistente, pero aquella era una investigación militar y se suponía que los servicios secretos eran los cuerpos más serios y disciplinados del ejército.

Buscó la cartera y extrajo una foto de mujer, la miró largamente hasta que las emociones comenzaron a aflorar. La había dejado plantada pocos días antes de la boda. Ese no era un comportamiento normal en él, pero sabía que si se hubiera casado con ella la habría convertido en la mujer más infeliz del mundo. En aquel momento no necesitaba algo que le atara más a su vida cotidiana. Necesitaba escapar de Alemania. Odiaba su puesto de burócrata en Berlín, la corrupción que reinaba por doquier y la sola idea de vivir así el resto de su existencia le revolvía las tripas.

Paseó impaciente delante de la puerta de la casa en la que se alojaba. Los civiles tenían la obligación de hospedar a los voluntarios de la Legión Cóndor y a él le había tocado una familia acomodada de las afueras de Salamanca. Aquellas semanas había intentado aprender más español y adaptarse a las costumbres de sus benefactores, algo muy difícil para un alemán de educación prusiana que veía en los españoles a un pueblo de salvajes e indisciplinados.

El padre de familia era un abogado llamado Pedro Sánchez, un hombre cultivado que hablaba algo de inglés, que había viajado mucho y que ahora se dedicaba a trabajar para la burocracia del general Franco.

A Raymond, el señor Sánchez le parecía excesivamente religioso. Pero había descubierto que era algo común en España. La mayoría de los españoles disimulaban ser lo que no eran, como si tuvieran miedo a que les confundieran con rojos infiltrados. La beatería podía salvarte la vida.

El sol calentaba con fuerza a primera hora de la mañana, iluminando las casas ocres y templando la fría mañana salmantina. Impaciente, Raymond decidió salir del jardín de la casa y colocarse justo en el camino de tierra. Por lo menos se ahorraría los cinco minutos que había de un lado al otro. Miró el reloj de nuevo y pensó que aquel mismo día tenían que viajar hasta el aeródromo de Burgos. Allí podían conseguir más información sobre el joven asesinado. A medida que el frente se alejaba, las oficinas del Alto Mando se trasladaban paulatinamente a Burgos. Desde allí era fácil llegar a todas las ciudades importantes del norte, desde Gijón hasta San Sebastián. Si los avances continuaban, antes del otoño todo el norte habría caído en manos nacionales.

Raymond dejó de pensar en la guerra por unos instantes, observó la calle con los árboles que empezaban a despertar de su letargo estacional y se imaginó a sus padres en la pequeña granja de Baviera. Él era bávaro; para muchos alemanes eso significaba ser un vago del sur, pero el movimiento nazi había nacido allí, en las centenarias cervecerías de Múnich. Allí había conocido al Führer cuando el NSDAP era un pequeño partido nacionalista, sin peso en el país.

Un escalofrío le recorrió la espalda mientras recordaba los enconados discursos de Hitler. Era como un padre para él. En aquella época era un adolescente rebelde que se quejaba ante sus progenitores de la derrota sufrida contra los franceses y acusaba a la anterior generación de haber llevado a Alemania al desastre. Todavía no entendía cuáles eran los verdaderos enemigos del estado, Hitler le abrió los ojos. Los judíos, los comunistas, los socialistas eran el verdadero problema. Aquella república infame era el problema; los malditos judíos eran el problema.

El coche azul entró por el fondo de la calle y se paró frente a Raymond. Este se agachó y pudo ver al volante a Alfonso.

—Suba, no tenemos todo el día —dijo el español malhumorado.

El alemán entró al coche sin quitarse el pesado abrigo. Sin mediar palabra, Alfonso puso en marcha el vehículo y los dos ocupantes siguieron pensando en sus cosas sin dirigirse la palabra.

El paisaje monótono de Castilla se abrió ante sus ojos. Los campos de trigo de la meseta no parecían tener fin, pero apenas se veían campos preparados para la siembra. Raymond echaba de menos los bosques y el verde intenso de su país. En España el sol y el color marrón reinaban en el horizonte. Le habían contado que las Vascongadas, Cantabria y Asturias eran muy distintas, pero le costaba imaginárselo.

—¿Cuánto falta para Burgos? —preguntó el alemán.

El español tardó en contestar, como si estuviera contando mentalmente los kilómetros.

—No estoy seguro, unos doscientos cincuenta kilómetros. Llegaremos de noche. ¿Tiene prisa?

—No —contestó Raymond mirando fijamente a Alfonso—, pero en Alemania las misiones se organizan. Ya sabe el poco tiempo que tenemos y…

—Esto no es Alemania Von…

—No soy «Von» nada.

—Bueno, ¿cómo te llamo?

—Señor Maurer —dijo secamente el alemán.

—Mira Maurer, en España tenemos una forma distinta de organizarnos. No nos gusta ser rígidos, ya sabes que somos latinos.

El alemán hizo un gesto de desprecio que no le pasó desapercibido a Alfonso.

—No te olvides de que cuando los germanos todavía os vestíais con pieles, en España teníamos algunas de las ciudades más bellas del mundo. Cuando liberemos Madrid, te das un paseo por el Museo del Prado y te educas un poco.

—Goya, Velázquez y el Greco son pintores muy famosos, pero de eso hace ya muchos años —dijo el alemán.

Alfonso frunció el ceño e intentó incomodar a su compañero.

—He oído que vuestro Führer era pintor —dijo Alfonso en tono burlesco.

Raymond se lanzó sobre el español y este dio un volantazo que lo sacó de la carretera.

—¿Te has vuelto loco? —preguntó Alfonso con los ojos desorbitados—, un poco más y nos estrellamos contra un árbol.

—No vuelvas a mencionar al Führer, tus sucios labios no pueden ni pronunciar su nombre.

—Tranquilo, tranquilo —dijo Alfonso.

El alemán le soltó e hizo un gesto para que continuara. El resto del camino apenas cruzaron palabra. Atravesaron varios controles de rutina y después comieron en un pequeño mesón a las afueras de Valladolid. Cuando el sol estaba a punto de ocultarse, llegaron a Burgos. En ese mismo instante, al otro lado de Europa, Hitler era informado de la muerte del joven oficial alemán.

5

El general Kindelán comenzó a pasear de un lado al otro del cuarto y al final se dirigió directamente al sacerdote.

—Si le hemos entendido bien, el lehendakari está dispuesto a rendirse.

—Estamos dispuestos a llegar a una paz negociada. No deseamos el sufrimiento del pueblo vasco —dijo Onésimo Arzalluz.

—¿Una paz negociada? Ungria me dijo que era sin condiciones —repitió Juan Vigón sin disimular su enfado—. En unos días nos hemos internado en el corazón de Álava, Vitoria ha caído casi sin lucha. Bilbao y San Sebastián no correrán mejor suerte. ¿Por qué íbamos a negociar ahora?

—Si llegan a un acuerdo con nosotros, eso les dejará las manos libres para enfrentarse a sus verdaderos enemigos, los rojos. Nosotros odiamos a esos comunistas tanto como ustedes —respondió el sacerdote.

—Ya, pero ustedes no se consideran españoles, ¿verdad? —dijo Vigón.

Un molesto silencio se extendió por la sala. Onésimo era nacionalista, lo que no implicaba directamente que fuera independentista.

—Queremos permanecer en España, pero con las singularidades de nuestro pueblo.

—Naturalmente, lo que quieren es la autonomía —dijo Vigón—. Mire dónde nos han llevado esas ideas de autonomía, a una guerra.

29

—Lo importante es que no nos matemos, al fin y al cabo todos somos cristianos —dijo el sacerdote.

—Conocemos su pasado, padre. ¿No es cierto que en septiembre de 1936, en rebeldía contra el obispo de Vitoria, mandó una carta a la Santa Sede defendiendo la independencia de las Vascongadas? —preguntó Vigón dejando la copia de una carta sobre la mesa.

Onésimo comenzó a sudar. Aquella carta había sido el intento desesperado para que el papa parara el ataque de los nacionales y reconociera la singularidad del pueblo vasco.

—Aquella carta intentaba que el papa…

—… reconociera la independencia —intervino Vigón—. El instigador fue Alberto Onaindía, un sacerdote rebelde e independentista. Un amigo suyo, según tengo entendido.

—El cardenal Goma ha intercedido por la paz —dijo el sacerdote.

—Sí, pero no a cualquier precio —dijo Juan Vigón.

—Eso es cierto, padre. ¿Qué nos ofrece el gobierno vasco? —preguntó Kindelán.

Franco observaba la escena sin decir palabra. Disfrutaba mostrándose como mero espectador, a pesar de que la decisión final estaba en su mano. Igual que si se viera como un director de orquesta, siguiendo la partitura, esperando que ningún instrumento desentonara, pero sin intervenir hasta que fuera necesario.

—El Vaticano está dispuesto a decantarse oficialmente por el Movimiento Nacional si llegamos a un acuerdo —dijo el sacerdote.

—Nuestro representante en Roma ha conseguido muchos avances; el marqués de Magaz se ha granjeado la amistad de Pacelli, el secretario de su Santidad —dijo Jirón.

—¿La amistad? —preguntó el sacerdote sorprendido. Le habían llegado rumores de la impertinencia del representante nacional ante la Santa Sede.

—¿Cuáles son las propuestas de Aguirre? —preguntó de repente Franco.

Todos le miraron sorprendidos. Normalmente no participaba en este tipo de negociaciones.

—Si el gobierno nacional reconoce la singularidad del País Vasco, respeta su lengua y sus costumbres, los vascos no lucharán contra sus hermanos nacionales —dijo el sacerdote con solemnidad.

—Lo pensaremos, tendrá que disfrutar de nuestra hospitalidad por unos días más. Ahora puede retirarse.

Cuando el sacerdote salió del despacho, los tres militares permanecieron en silencio unos instantes hasta que Jirón rompió el hielo.

—Las condiciones son inadmisibles.

—No debemos decir un no rotundo —comentó Kindelán.

—Mientras el PNV piense que queremos negociar bajará la guardia, nosotros seguiremos con nuestros planes de conquistar las Vascongadas —dijo Franco sonriente.

—¿Entonces? —preguntó Jirón.

—Entonces nada, dejemos que los acontecimientos se desarrollen, ya sabéis lo que pienso siempre: lo que haya de ser será —dijo Franco poniéndose de nuevo en pie.

Los dos consejeros del Generalísimo salieron del despacho y le dejaron solo. Franco se acercó a una mesa repleta de mapas de España y comenzó a observarlos con atención. Las líneas del frente estaban dibujadas y el territorio de los dos bandos pintados en tonos rojos y azules. Recordó sus años en Marruecos y por unos instantes añoró África. Allí todo era posible, en España todo era molestia. Se imaginó de regreso, al mando de un formidable ejército, conquistando todo Marruecos.

Se alejó del mapa y se sentó en uno de los sofás. Aquel maldito asunto de la Santa Sede le preocupaba. Necesitaba el apoyo de la Iglesia para ganar la guerra. Sin él, su causa parecería un simple alzamiento militar más. Recordó el final de Primo de Rivera, su deshonra y su exilio en Francia. A él no le pasaría lo mismo, aunque tuviera que matar a media España. Cuando la guerra terminara no quedaría un solo rojo, republicano ni masón en España.

6

La base aérea era una sencilla pista de asfalto rodeada de cuatro barracones y un par de casas. En la entrada, un gran arco anunciaba el nombre del campo y dos banderas nazis a cada lado hondeaban bajo el frío viento del norte.

Un control paró a Alfonso y Raymond. El alemán habló con los soldados y les enseñó los pases del general Mola. Pasaron la barrera y dejaron el vehículo en un aparcamiento junto a varios camiones. Caminaron hasta una de las casas en la que se encontraban la oficina y el registro del aeródromo.

En el interior, una joven rubia mecanografiaba una carta a toda velocidad. El sonido de las teclas les hizo esperar unos segundos, después Alfonso se decidió a intervenir.

—Señorita, ¿puede mover su culo y atendernos?

El alemán miró con los ojos desorbitados al español, después se preguntó de dónde habían sacado a aquel tipo de espécimen primitivo.

La secretaria vestía de calle, pero en la solapa lucía una esvástica de plata. Miró a los dos intrusos por el rabillo de las gafas y sin apartar los dedos de la máquina de escribir les preguntó.

—¿En qué puedo ayudarles?

Raymond comenzó a hablarle en alemán, la mujer respondió más amigablemente al ver que uno de ellos al menos era compatriota. Le indicó un archivador de metal gris y continuó con su tarea.

Alfonso miró impaciente a su compañero.

—El informe de Damian von Veltheim, capitán de la Escuadrilla Experimental de Bombardeos de la Cóndor, está allí —dijo Raymond señalando el archivador.

—¿Está todo en alemán?

—Imagino que sí.

—Pues, será mejor que me dé una vuelta, aquí no hago nada —dijo Alfonso dirigiéndose a la puerta.

Cuando el español salió, la secretaria hizo un comentario jocoso sobre los españoles y Raymond no pudo evitar sonreír.

En unos minutos ya había encontrado el informe de Damian von Veltheim y lo leía tranquilamente sobre la mesa.

—Damian von Veltheim, capitán de la Escuadrilla Experimental de Bombardeos de la Cóndor. Nacido en Potsdam el 23 de junio de 1915, hijo del industrial Thomas von Veltheim y de la señora Eloise von Hagen. Miembro del partido desde 1935, entró en el ejército ese mismo año. Un violeta de marzo —comentó Raymond entre dientes.

La secretaria levantó la vista y le sonrió. El alemán se tocó instintivamente la larga cicatriz que le rompía el rostro en dos. Un recuerdo de la primera guerra mundial. Había sido uno de los soldados más jóvenes, apenas dieciocho años y ahora, a sus treinta y ocho, las heridas de aquella guerra le parecían más dolorosas que nunca.

—El resto de la información está clasificada por el Abwehr —leyó en alto Raymond.

En ese momento Alfonso entró por la puerta y se dirigió a su compañero.

—¿Has encontrado algo?

—Parte de la información está clasificada por la Abwehr.

—¿Por la qué?

—La Abwehr es el servicio secreto creado por el Ministerio de Defensa Alemán durante la república de Weimar. Su director es Wilhelm Franz Canaris, lo que no entiendo es por qué la información de Damian es confidencial y qué tiene que ver Damian con la Abwehr —dijo el alemán intrigado.

—Puede que simplemente nos hayan adelantado, a lo mejor no somos los únicos que estamos investigando este caso —comentó Alfonso.

—¿Un caso de asesinato? No parece ser un asunto que le incumba a los servicios secretos, a no ser que las causas de la muerte no fueran pasionales y se trate de un crimen político o militar —dijo Raymond.

—¿Qué otra razón podría haber?

—Lo único que se me ocurre es que Damian perteneciera a los servicios secretos. Eso explicaría la confidencialidad de su expediente.

—¿Un espía? —dijo Alfonso levantando la voz. Después miró detrás de sí. Un oficial alemán gigantesco, vestido con su impecable uniforme de las fuerzas áreas alemanas, les miraba fijamente.

7

Manuel, las cosas cada vez pintan peor —dijo Fermín Yzurdiaga.

Manuel Hedilla miró al sacerdote con sus ojos grandes y su sonrisa perenne. Tenía la costumbre de quitarle hierro a las cosas, encontrar el punto positivo y echar para adelante, sin temores ni dudas.

—Fermín, una cosa son los deseos de Nicolás Franco, los exabruptos del maldito Doval, y otra que los camaradas acepten un liderazgo que no puso José Antonio; todavía la voluntad del líder sirve para algo.

—El dinero es lo que cuenta, muchos se han unido al partido por el poder y el dinero, otros son demasiado cobardes para enfrentarse a Franco —dijo Fermín.

—Las cosas no están tan mal.

—¿Que no están mal? Por un lado Nicolás azuzando a Franco para que unifique a todos los partidos; luego están las críticas de Aznar y Garcerán.

—Ellos simplemente quieren que se respete el patrimonio intelectual de José Antonio, cosa que no me parece mal —le interrumpió Hedilla.

—Eso es lo que dicen, pero la realidad es que su ambición es gobernar a la Falange —refunfuñó Fermín.

—Para eso hemos convocado la reunión, para poner la casa en orden; una vez que todo esté claro y cada uno conozca su función, los críticos se tendrán que callar.

—Pero los peores son los «camisas nuevas».

—Esos sí que no hay manera de ordenarlos, pero mientras no tengan cargos de poder no hay problema —dijo Hedilla.

Fermín Yzurdiaga se arregló la sotana y comenzó a pasear por el salón de la casa. Hedilla era un buen tipo, pero demasiado confiado. No tenía el carisma de José Antonio, el fundador de la Falange, pero creía fervientemente en sus dictados. La guerra estaba desatada y Manuel Hedilla seguía creyendo en la negociación entre las diferentes partes.

—¿Sabes que en febrero Dávila, Gomero y Escario estuvieron en Lisboa reunidos con los carlistas para llegar a un acuerdo?

—Ya lo sé, Fermín, esos burócratas que han entrado por la puerta de atrás se creen con derecho a negociar para unificar la Falange y el Carlismo —dijo Hedilla resignado.

—Que coño burócratas… detrás de ellos están Serrano Súñer y Nicolás Franco y detrás…

—Ya me lo has dicho mil veces: Franco. Pero a mí el Generalísimo me ha prometido que se conservará la esencia de la Falange y que él nos dejará al mando del nuevo partido.

—Eres un optimista, Manuel —dijo Fermín resignado.

—No, ¿qué pasó al final en Lisboa? Pues que no hubo acuerdo. Nos necesitan para aunar posturas y sobre todo para organizar el aparato. Un partido no se crea de la nada. Si descabezan a la Falange, ¿qué les quedará? Un envoltorio vacío — dijo Hedilla.

—No te has dado cuenta que es eso lo que quieren.

—Mola está todo el día hablando de lo mismo. Que si Franco es un ambicioso, que la guerra está mal llevada, pero ¿crees que él lo haría mejor? José Antonio ha muerto y necesitamos a un líder fuerte, además, no creo que Franco siga en el poder cuando termine la guerra, se irá o le echarán.

Fermín se ajustó el cinturón de piel que llevaba sobre la sotana. Cuando llevaba los hábitos dejaba la pistola en casa, no le gustaba cargar las armas de Dios con las armas del Diablo. Después se apoyó frente a la mesa en la que estaba sentado Hedilla y le miró fijamente a los ojos.

—También te parecerá bien el ejemplo que dan Muro, Carrasco y Aznar, pavoneándose en coches de lujo, bebiendo champán y comiendo marisco; los camaradas ven esos ejemplos y la imagen de la Falange queda por los suelos.

—Estamos en guerra y esas cosas pasan —dijo Hedilla, para desesperación de su compañero.

El sacerdote golpeó con el puño la mesa y Hedilla se sobresaltó.

—Pues tienen que dejar de pasar. Todos tienen miedo a la Falange y eso es bueno, Hitler sembró el terror en Alemania antes de llegar al poder. Cuando los enemigos de España estén bajo tierra o más allá de los Pirineos, nos encargaremos de la revolución pendiente. Pero ahora, Manuel, el único idioma que se entiende aquí es el de las ostias y el de las pistolas. Con cuatro tiros lo arreglaba yo.

—Qué burro eres Fermín, ¿tu piensas que si nos liamos a tiros, Franco no intervendrá? Esa sería la excusa perfecta para poner a algún falangista amaestrado en la dirección. Tenemos que ser prudentes, pacientes y enérgicos al mismo tiempo. Tenemos que convocar una reunión de los líderes y, si hace falta, el Consejo Nacional. Si desautorizamos a todos los que están tirando piedras a la ruedas del carro, lograremos organizar el partido —dijo Hedilla.

—Esperemos que tengas razón.

—Franco me ha convocado para una reunión, seguro que insiste en la unificación. Le seguiré dando largas. Cuanto más se metan los alemanes en esta guerra mejor, ya sabemos a quién prefieren. El partido nazi siempre ha sido un apoyo —dijo Hedilla.

—No me gustan los alemanes, prefiero a los italianos.

—¿Los italianos? Esos no saben ni anudarse los zapatos. Si tus amigos son fuertes, tú eres fuerte. Sé de buena tinta que los alemanes no están muy contentos con Franco. El embajador salió el otro día tarifando de una reunión y los de la Cóndor se suben por las paredes. Mola me tiene informado de todo. Si Franco cae lo hará por su propio peso —dijo Hedilla poniéndose en pie.

—Tal vez Franco sea un petimetre, pero Nicolás y sobre todo Serrano Súñer saben lo que se hacen y nosotros somos su próximo objetivo. Tenemos que actuar antes que ellos.

Manuel Hedilla le puso la mano en el hombro a su amigo. Fermín veía fantasmas en todas partes. Era un buen militante, un buen sacerdote y soldado, pero no entendía las sutilezas de la política.

—Déjame que maneje la situación a mi manera. Estamos en manos de la Providencia y ella se ha empeñado en que España sea falangista.

—Sea.

Hedilla se caló la boina y un ligero abrigo de lana azul, salió del despacho y acompañado por dos guardaespaldas se dirigió al Cuartel General. A Franco no le gustaba esperar y él no iba a poner a prueba su paciencia.

8

¿Quién les ha autorizado husmear en los archivos de la 3ª Escuadrilla? —preguntó el teniente Adolf Galland.

Raymond miró al oficial y se cuadró. Conocía algunas de las hazañas de Galland. Llevaba muy poco en España, pero se había ganado rápidamente la reputación de ser uno de los mejores aviadores de la Legión Cóndor.

—Estamos investigando la muerte del teniente Damian von Veltheim, señor —respondió el alemán en posición de firme.

Alfonso miró con indolencia a Adolf Galland. No soportaba la arrogancia alemana. Después extendió la autorización del general Mola.

El teniente Galland apenas miró los documentos y los arrojó en la mesa.

—Esta autorización no me vale, esta base es territorio alemán y los españoles no tienen jurisdicción.

—¿Qué? —preguntó Alfonso levantándose y pegando su rostro al del oficial alemán.

—No tienen jurisdicción —repitió el alemán.

Raymond intentó apaciguar los ánimos y se interpuso entre los dos hombres.

—Es una investigación hispano-alemana, el propio Hugo Sperrle es el principal responsable de la investigación.

Cuando el oficial alemán escuchó el nombre del comandante cambió de actitud.

39

—¿Qué quieren saber de Damian von Veltheim? —preguntó Galland.

—La mayor parte de su ficha es información reservada —dijo Raymond.

—No puedo decirle mucho, por lo menos oficialmente —dijo Galland.

—Pues dígalo extraoficialmente —comentó Alfonso.

Galland miró de reojo al español y continuó hablando con Raymond.

—Damian era un buen piloto y un buen chico. No se metía en problemas a pesar de ser uno de los aviadores más jóvenes de la escuadrilla.

—¿Por qué viajó a Salamanca? —preguntó Raymond.

—Estaba de permiso, los chicos tienen mucha presión y tienen un par de días cada dos semanas para tomarse un respiro. La mayoría prefieren ir a Salamanca, es una ciudad divertida, por la universidad y las chicas. Además, está más alejada del frente y uno tiene la sensación de que no está en guerra.

—¿Viajó solo? —preguntó Raymond.

—Nunca viajamos solos, uno no sabe lo que puede encontrarse. Le acompañaron dos pilotos, Marcus Schiller y Helmut Hartzenbusch —dijo Galland.

Alfonso se acercó un poco a los dos alemanes, que habían hablado en su idioma la mayor parte de la conversación.

—Señores, la investigación es hispano-alemana —dijo enfadado.

—Luego le cuento —contestó Raymond.

—Pero si no les entiendo no podré preguntar nada.

El alemán le explicó brevemente a Alfonso lo que Galland le había contado.

—¿Dónde están los compañeros de Damian? —preguntó el español.

El oficial se quedó en silencio. Alfonso y Raymond se miraron extrañados. Al final el español volvió a repetir la pregunta.

—Han desaparecido —dijo al final Galland.

—¿Qué quiere decir? —preguntó Alfonso—. ¿Cómo pueden haber desaparecido?

Galland miró airado al español, pero no respondió.

—No puede ocultarnos ese tipo de información —advirtió Raymond.

—No estamos del todo seguros, pero creemos que han desertado —dijo Galland con el ceño fruncido. Su bigote se arrugó y apretó los labios como si no quisiera hablar más del asunto.

—¿El teniente Damian pertenecía a la Abwehr? —preguntó Raymond.

Galland le miró fijamente.

—Responda —insistió Alfonso.

—Esa es información privilegiada.

—Tiene que colaborar —dijo Raymond.

—Pregúnteselo a Hugo Sperrle. Si Damian pertenecía a la Abwehr, él debería saberlo.

El teniente Galland se despidió a los dos investigadores, dio media vuelta y salió del despacho. Los dos hombres se miraron sorprendidos. Su olfato les decía que habían dado con algo muy gordo, algo que podía costarles la vida.

9

El cuñadísimo, como le llamaban muchos de sus enemigos, caminó por las calles de la ciudad en plena noche. Le habían contado la reunión entre Franco y el enviado del PNV. No entendía cómo Franco no había querido que él y su hermano Nicolás estuvieran presentes. Desde su llegada a la ciudad la actitud de su cuñado había sido contradictoria.

Después de la odisea de su fuga de Madrid, se había tenido que vestir de mujer para burlar a sus carceleros. Su viaje a Alicante y el reencuentro con su mujer e hijos, la terrible noticia del fusilamiento de sus hermanos en Madrid por los rojos… Regresar a España había sido una decisión difícil, pero tenían que ganar esa guerra y dar su merecido a la canallada de comunistas y socialistas que habían asesinado a tanta gente inocente.

Llevaba poco más de dos meses colaborando con su cuñado y su relación no era fácil. Franco era un tipo desconfiado, lleno de complejos y muy testarudo, pero conocía su buena relación con los falangistas, su pasado como parlamentario y su capacidad para organizar el aparato del nuevo partido que estaba a punto de formar.

La mujer de Franco, Carmen, había sido un apoyo fundamental. Sin ella, Franco no le hubiera dejado ocupar cargos importantes. El Generalísimo prefería rodearse de gente mediocre antes de sentirse en peligro.

Ramón Serrano Súñer llegó a la puerta de la residencia de Nicolás y llamó insistentemente. Sus escoltas permanecieron a unos pasos. En aquellos días todos los cargos importantes llevaban escolta.

Supuestamente era para protegerles de algún intento republicano de matar a altos cargos de los rebeldes, pero la mayoría tenía más temor a sus propios enemigos políticos que a los comandos republicanos.

A Serrano le odiaban por igual los falangistas, los carlistas y muchos conservadores y monárquicos que habían confiado en él al principio. El cuñadísimo se mostraba cordial con todos, pero procuraba no unirse a ningún bando. En eso admiraba a Franco. Era capaz de utilizarlos a todos, de favorecerlos a todos, pero sin comprometerse abiertamente con ninguna facción.

Cuando el mayordomo le abrió la puerta, Serrano entró a toda prisa y subió directamente hasta el despacho de Nicolás.

Nicolás Franco estaba sentado en su escritorio. Llevaba una bata azul y fumaba un cigarrillo mientras revisaba unos papeles. Serrano le miró fijamente; su parecido físico con Franco era tal que muchas veces le parecía ver una réplica del generalísimo, algo más mayor, pero con los mismos rasgos.

—¿Qué sucede, Ramón? —preguntó Nicolás levantándose de la silla.

—¿No te has enterado de la reunión con el cura del PNV?

—Claro, ¿cómo no iba a enterarme? —contestó Nicolás con su habitual expresión sosegada.

—Pues Paco nos tenía que haber pedido a alguno de los dos que estuviéramos presentes.

—Ya sabes como es, hay algunos asuntos que prefiere tratar él personalmente.

—Pero esos dos, Kindelán y Vigón, no son los más indicados para negociar con los vascos —dijo Serrano.

—¿Por qué?

—Son dos militares, ellos piensan de una manera táctica y no política —dijo Serrano.

—Yo también soy militar, serví en la Armada durante la mayor parte de mi vida —dijo Nicolás molesto.

—Ya sabes a lo que me refiero, tú fuiste militar, pero también eres un político, fuiste secretario del Partido Agrario.

—No creo que lleguemos a una paz negociada con los vascos. Esos tipos son capaces de darte una puñalada en la espalda en cuanto te descuides.

Serrano no pudo disimular una sonrisa. Sus ojos claros, su pelo rubio peinado hacia atrás y sus rasgos suaves le daban el aspecto de un galán de cine. Se sentó en una de las butacas y comenzó a relajarse. Él tampoco creía mucho en las palabras del Gobierno Vasco, capaz de traicionar a sus aliados con tal de asegurar cierta independencia, pero ese estilo de política no tenía cabida en la nueva España que estaban a punto de formar.

—¿Has terminado ya el documento? —preguntó Nicolás.

—Más o menos, quedan algunos flecos, pero estará a tiempo.

—Tenemos que actuar con cautela y rapidez, los falangistas son los más reacios, pero tenemos muchos amigos dentro de los cargos importantes.

—De los falangistas me ocupo yo. Con los mimbres adecuados se puede hace cualquier cesto —dijo Serrano.

—Pero Hedilla y sus camaradas…

—Hedilla es un pardillo, un idealista trasnochado; no se ha dado cuenta todavía que sin Franco lo único que tiene es humo. Los alemanes no apoyarán a otro hombre —dijo Serrano Súñer.

—¿Estás seguro, Ramón?

—Los alemanes son personas prácticas. Saben que la Falange es un caos y que necesitan a un caudillo, sin caudillo no hay partido y sin partido no hay régimen. Franco es el único que tiene huevos para poner a todos esos en su sitio —dijo Serrano Súñer.

—Aun así, tendremos que estar atentos. Mola trama algo, no sé que es, pero todavía no se ha rendido a la evidencia de que mi hermano es el único que puede enderezar España.

—A Mola lo tengo bien vigilado, también a Hedilla y sus hombres. En una semana le entregaré a Paco el poder civil en bandeja. Espero que sepa usarlo —dijo Serrano.

—Lo hará bien, es un general, pero también es un político. Aunque a él le gusta presumir de que no sabe de lo segundo, lleva toda la vida metiéndose en política— dijo Nicolás.

—¿Dónde está tu hermano Ramón?

—Ramón está ya en Baleares, Paco le ha nombrado Jefe de Aviación de las islas. No veas la que ha liado Kindelán, pero al final se ha tenido que callar.

—Es curioso, tú estuviste en la Armada, Paco en Infantería y vuestro hermano Ramón en el Ejercito del Aire —bromeó Serrano Súñer.

—Cuñado, los Franco nacimos para servir a España por tierra, mar y aire.

Los dos estallaron en una carcajada. A pesar de sus diferencias, Nicolás y Serrano se apoyaban mutuamente. Con tantos enemigos alrededor los lazos familiares eran lo único seguro en aquellos tiempos.

—No te preocupes por los vascos, ya me encargo yo, pero termíname de contar lo de la unificación. Si no atamos todo bien ahora, al final de la guerra cada uno tirará para un lado, ya sabes como somos los españoles —dijo Nicolás.

—Mañana a primera hora te lo traigo.

—¿Cómo vamos a llamar al engendro? —preguntó Nicolás.

—Falange Española Tradicionalista y de las Juntas Ofensivas Nacional Sindicalista —dijo Serrano de carrerilla.

—Será mejor acortarlo, parece un galimatías. Que se llame Falange Española Tradicionalista y de las JONS —dijo Nicolás.

—Muy bien, mañana nos vemos. ¡Arriba España! —dijo Serrano levantando el brazo.

—¿Qué haces? —preguntó Nicolás.

—Es el nuevo saludo, ¿qué te parece?

—Cojonudo, Ramón. Se parece al fascista. Mantenme informado.

Ramón Serrano Súñer salió del despacho y bajó las escaleras más sosegado. Nicolás era capaz de transmitir la sensación de que todo estaba bajo control, aunque el mundo se estuviera hundiendo alrededor.

10

E l viaje de regreso a Salamanca fue más tranquilo que el de la víspera. Alfonso y Raymond dejaron a un lado sus diferencias y se centraron en la investigación del caso. Mientras los campos verdes de trigo se sucedían en el monótono paisaje castellano-leonés, los dos investigadores comentaron sus impresiones.

—Creo que el próximo paso es interrogar a la puta que estaba con Damian cuando murió —dijo Alfonso.

—No creo que pueda contarnos mucho, ya hizo una descripción del asesino a la policía —comentó Raymond.

—A las putas no le gustan los policías, puede que nosotros le saquemos mucho más. ¿Piensas que Hugo Sperrle nos dirá qué demonios hacía Damian en los servicios secretos del ejército y por qué no nos dijo nada sobre ese asunto?

—Él nos ordenó la investigación, no puede ocultarnos información tan importante para el caso —dijo el alemán.

—Me parece muy extraño que no nos lo contara.

—Tal vez pensó que era un simple caso de celos, venganza pasional, que no tenía nada que ver con su trabajo para el servicio secreto —explicó Raymond.

Aparcaron el coche frente al prostíbulo y subieron las escaleras. Se respiraba una tensa calma. A aquella hora los antros de la ciudad se encontraban a rebosar, pero tras el asesinato las autoridades habían prohibido la prostitución para tranquilizar a las fuerzas vivas de la localidad: la hipocresía de las pequeñas ciudades tenía ese carácter aparente. La corrupción más grosera podía convivir con el puritanismo en tanto que no se viera mucho. Alfonso sabía que en cuanto bajara la marea, los salones y prostíbulos se volverían a abrir. Formaba parte de la condición humana y mucho más en medio de una guerra.

Cuando llamaron a la puerta les salió a recibir la *madame*, una mujer de unos cincuenta años de pelo moreno, peinado en un moño, de ojos tristes y muy maquillada.

—Venimos a ver a la puta que estaba con el alemán cuando le mataron — espetó Alfonso sin dar más rodeos. Raymond le miró por encima del hombro. No se acostumbraba al tono chulesco de su compañero. Aquellas mujeres eran prostitutas, pero estaba convencido que si las trataban como a personas sacarían más de ellas.

—Pasen —dijo la mujer cerrando la puerta rápidamente—, desde el incidente tenemos problemas con los vecinos. Antes lo arreglábamos dando un dinero para la comunidad, pero ahora somos peor que la peste.

La casa tenía un largo pasillo que llevaba a un amplio salón que en otra época debió de ser el refugio de alguna familia burguesa de la ciudad. La decoración era anticuada, con un aire rancio del XIX. Todo había perdido su brillo: las hermosas sedas de las cortinas, los cojines y bordados de los sofás y el lustre de las sillas y el resto del mobiliario.

—La Clotilde está muy impresionada todavía, es una chica tímida de pueblo y esto se le hace grande, ¿me entienden? —dijo la *madame*.

—A una puta la vida le sobrepasa, eso lo ve hasta el ciego del Lazarillo, pero no hemos venido aquí para confesarla. Llámela y traiga un par de vasitos de anís para quitarnos el sabor a polvo del camino —dijo Alfonso.

—Yo no quiero nada —dijo el alemán.

—Traiga dos de todas formas —insistió Alfonso.

La mujer salió del salón y los dos hombres se sentaron en el sofá.

—Será mejor que seas más amable si quieres que nos cuenten algo —dijo Raymond.

—No sé cómo son las putas en Alemania, pero en España solo entienden la mano dura, ya me entiendes.

—Las putas son iguales en todos sitios, porque son mujeres y a las mujeres siempre les agrada que las traten con respeto —dijo Raymond frunciendo el ceño.

—Pues a las nuestras no, no olvides que aquí eres tú el extranjero —dijo el español alzando la voz un poco.

No se dieron cuenta que en medio de su charla una chica de unos dieciocho años había entrado en el salón y les miraba parada frente a ellos.

—Señores, ¿en qué puedo servirles?

Los dos hombres se giraron. La jovencita era muy guapa. Sus ojos verdes brillaban en medio de un rostro moreno; los labios carnosos mostraban unos dientes blancos y bien formados. Se acercó tímidamente y con la cabeza agachada les saludó.

Alfonso tardó en reaccionar, como si la imagen de las prostitutas que había conocido se hubiera deshecho por completo. Después sonrió y comenzó a hablar muy despacio, intentando no asustar a la muchacha.

—Sé que ya has hablado con la Guardia Civil, pero quiero que me cuentes de nuevo lo que pasó la otra noche. ¿Te acuerdas de cómo sucedió todo?

La muchacha se estremeció y con la voz entrecortada comenzó a relatar el asesinato del soldado alemán.

—Era pronto, apenas había anochecido. El soldado joven vino con su amigo y estuvieron bebiendo antes de que la señora Clotilde nos llamara.

—¿Cómo era el otro soldado? —preguntó Raymond.

—Parecía más mayor, tenía los ojos azules y el pelo moreno…

—¿Alguna señal, algo que recuerdes? —preguntó Raymond.

—Tenía una gran cicatriz que le partía en dos el ojo izquierdo —dijo la muchacha.

Los dos hombres se miraron satisfechos, sin duda esa era una buena pista.

—Continúa —le animó Alfonso.

—El chico no parecía muy experto. Cuando llegamos a la habitación me miraba, pero se mantenía a distancia. Tomamos algo más de aguardiente y se puso muy mareado. Después se lanzó sobre mí con fuerza y comenzó a…

La chica paró el relato y por primera vez miró a los dos hombres. Su cara denotaba preocupación, vergüenza y temor.

—¿Cuánto tiempo pasó? —preguntó Raymond.

—Unos minutos, justo en el momento en el que estaba… Noté que había alguien más, después escuché unos zumbidos y el muchacho se alongó sobre mí, dejando caer todo su peso. Le aparté un poco y vi salir a un hombre —la muchacha comenzó a temblar.

—¿Le viste la cara? —preguntó Alfonso.

—No, fue un segundo.

—¿Cómo era? —preguntó Raymond.

—Llevaba una gabardina gris o marrón, no había mucha luz. También un sombrero.

—¿Viste el color de su pelo, los ojos, el resto de la cara? —dijo Alfonso.

—No.

—¿Habló? ¿Se dirigió al soldado? —preguntó el alemán.

—No.

—¿El soldado murió al instante? —preguntó Alfonso.

—Sí, eso creo. Yo comencé a gritar y salí corriendo en cuanto logré quitarme el cuerpo de encima. Después llegó la policía y me interrogaron.

—No es mucho —se quejó Alfonso.

—Creo que lo más importante es localizar al compañero de la cicatriz, puede que él viera o escuchara algo —dijo Raymond.

—Una cosa más. ¿Le había visto antes?

La chica dudó por unos instantes, pero después negó con la cabeza. Raymond y Alfonso pidieron a la señora Clotilde revisar la habitación donde se había producido el crimen.

Una vez en el cuarto, los dos intentaron ponerse en situación.

—Hay unos dos metros desde la cama a la puerta —señaló Alfonso.

—El asesino disparó dos veces. Acertó los dos tiros y después se dio media vuelta y se marchó caminando. Se trata sin duda de un profesional, alguien acostumbrado a las armas —dijo Raymond.

—Un soldado.

—Puede ser; la mayoría de los miembros de la Legión Cóndor son voluntarios, algunos sirvieron en la Gran Guerra, pero pocos tienen una buena formación militar.

—Disparar una pistola no es tan complicado —dijo Alfonso.

—Pero acertar dos tiros desde esta distancia con un cuerpo en movimiento... —dijo Raymond.

—Los casquillos pertenecían a una pistola Astra 300, 9 mm —dijo Alfonso.

—¿Una Astra?

—Sí, la Falange usa mucho ese tipo de arma —explicó Alfonso.

—¿Cómo habrá llegado hasta aquí?

—Hay varios métodos. Uno es a través del mercado negro, otra posibilidad es que el asesino haya luchado en el frente. Muchos soldados llevan pistolas que han capturado en algún enfrentamiento.

—Tal vez lo hizo para despistarnos —dijo Raymond.

—Tendremos que visitar a los vendedores de armas de la ciudad. Alguien tiene que saber algo de esa pistola.

Los dos hombres comprobaron la sangre sobre las sabanas revueltas y después abandonaron el edificio.

—Me temo que no estamos ante un simple caso de asesinato —dijo Alfonso.

—¿Por qué dices eso? —preguntó Raymond sorprendido.

—El asesino no habló con la victima. En el caso de ser un crimen pasional le habría dicho algo; si quieres matar a alguien por despecho quieres que se entere. Además, el tipo usó un arma del mercado negro, disparó a sangre fría sin fallar el tiro...

—Lo cierto es que parece más un ajuste de cuentas o un asesinato a sueldo.

—¿Quién podría estar interesado en ver a Damian muerto? —preguntó Alfonso.

—Cuando sepamos la respuesta a esa pregunta, conoceremos quién es el asesino —dijo Raymond con la mirada clavada en la luna llena que iluminaba la ciudad en tinieblas.

11

Hugo Sperrle se colocó el monóculo y leyó el informe con preocupación.

—¿Están seguros? —preguntó.

Rudolf Demme hizo un gesto afirmativo.

—Pero esto es inadmisible.

—El mecánico no tiene ninguna duda.

El comandante se quedó pensativo unos instantes y después se dirigió de nuevo a Demme.

—¿Conocía a la otra víctima?

—Al parecer eran amigos y se alistaron juntos.

—¿Quién está matando a nuestros chicos? —dijo Sperrle quitándose el monóculo y apretando las sienes.

—Es un alemán —dijo Demme.

—¿Cómo lo sabe?

—¿Quién puede acceder a una base militar y manipular un avión para que se estrelle?

—Es cierto. Sin duda es un miembro de la Cóndor.

—¿Puede que se trate de algún miembro de los servicios secretos?

—¿La GESTAPO? —dijo Sperrle.

—Es una posibilidad.

—Pero, ¿por qué la GESTAPO querría matar a dos soldados de la Legión Cóndor?

—Los dos soldados muertos pertenecían a la Abwehr —dijo Demme.

—Es cierto, pero eran simples enlaces, no sabían nada importante.

—La Abwehr es enemiga acérrima de la GESTAPO, puede que descubrieran algo.

El comandante Sperrle se levantó de la mesa y se dirigió hasta el sofá. Demme le miró de cerca. Su aspecto fiero e inhumano no lo parecía tanto cuando observabas sus ojos pequeños y brillantes.

—No debemos decir nada a los dos investigadores. Tienen que cerrar el caso cuanto antes, escribir un informe y enviarlo a Berlín. Ya me encargaré yo de parar los pies a quien esté intentando desprestigiar a la Legión Cóndor.

El oficial se puso en pie y saludó al comandante.

—Señor, se mantendrá todo en secreto.

—Esperemos que sí —dijo Sperrle sin disimular su preocupación.

12

Usted conoce mi opinión sobre Franco. Pensaba todavía que se trataba de un auténtico caudillo, pero en lugar de ello tiene el aspecto de un sargento bajito y regordete que no es siquiera capaz de concebir mis ambiciosos planes —dijo Hitler.

Sperrle se quedó mudo al otro lado de la línea. Estaba seguro de que el SIM podía escuchar la conversación.

—Führer, nuestra situación aquí es privilegiada, el apoyo a los nacionales nos está dando una experiencia de combate que nos servirá más adelante. Además, esta es una causa noble, estamos luchando contra el comunismo.

—No diga sandeces Sperrle, los rojos tienen más voluntad de lucha que esa banda de militares africanistas. No quiero que esa guerra se eternice, podría desembocar en conflicto generalizado y todavía no estamos preparados para la guerra total —dijo Hitler.

Sperrle intentó no sonar preocupado, pero estaba deseando colgar el teléfono.

—¿Cómo va el asunto del hijo de la señora von Veltheim?

—Todavía no tenemos el informe terminado, pero todo apunta a un crimen pasional —mintió Sperrle. Notó como las gotas de sudor corrían por su frente y se le aceleraba el pulso.

—¿Un crimen pasional? —preguntó extrañado Hitler.

—Sí, eso parece. Murió mientras hacía el amor con una prostituta y pensamos que otro soldado o el novio de la chica se puso furioso y mató al pobre joven.

—Putas, burdeles, celos. Eso es inadmisible, no puedo darle ese disgusto a la señora von Veltheim. Asegúrese de que esa información es correcta y mande el informe cuanto antes —dijo Hitler alzando la voz.

—Sí, mi Führer.

Cuando Sperrle colgó el teléfono respiró aliviado. No era fácil llevar la contraria a Hitler. Prefería darle la razón y ya arreglaría las cosas a su manera. Aquel asunto comenzaba a oler muy mal. Lo mejor era buscar un chivo expiatorio y cerrar el caso cuanto antes.

13

La mujer les observó desde la calle y les siguió a unos pasos de distancia. Era difícil que pasara desapercibida. Su aspecto distinguido, el pelo negro ondulado resguardado por un sombrero francés y el abrigo de pieles no ocultaban su extrema belleza. Sus rasgos marcados, de pómulos salientes y labios carnosos, apenas opacaban los ojos verdes.

Los dos hombres entraron en un café y ella esperó unos segundos antes de cruzar la puerta.

El local estaba repleto de humo. En la barra un triste barman servía cafés y vinos a una parroquia reducida y somnolienta. A aquella hora se veía a poca gente respetable por la calle y los soldados tenían que estar en los acuartelamientos. Varios hombres miraron de arriba a abajo a la mujer y esta se apretó el abrigo contra el pecho. Observó a su alrededor, pero tardó unos segundos en localizar a los dos hombres. Estaban en una mesa cerca de la cristalera, que por seguridad estaba cubierta en parte por listones de madera. Aquellos pequeños detalles le hacían recordar que estaban en guerra. Ella no había visto todavía ningún muerto y esperaba no verlos en lo que quedara de contienda. Su esposo había sido destinado allí junto al general Ettore Bastico, comandante en jefe del Corpo Truppe Volontarie. Ningún oficial había podido llevar a sus esposas, pero él le había conseguido un puesto de secretaria en el consulado. Su marido llevaba en España desde diciembre de 1936. Había sido de los primeros en llegar, ella tardó un par de meses en reunirse con él. La base aérea italiana se encontraba en Ávila, pero ella trabajaba en Salamanca, apenas a unos kilómetros de su esposo.

Se aproximó a la mesa y notó cómo las manos le temblaban. No sabía cómo contarles aquello que llevaba semanas torturándola. Gracias a su trabajo en la embajada italiana sabía que Mola y Sperrle habían abierto una investigación por la muerte del oficial alemán. Ella sabía exactamente por qué le habían matado.

—Caballeros, ¿puedo sentarme con ustedes? —dijo la mujer parada frente a la mesa.

Los dos hombres se miraron el uno al otro confundidos.

—Por favor —dijo Raymond poniéndose en pie y separando una silla.

La mujer se sentó dejando caer el abrigo sobre el respaldo. Su vestido rojo parecía un rayo de luz en la mojigata y gris sociedad salmantina. Los dos hombres no dejaron de mirarla expectantes hasta que la mujer, disimulando su ansiedad, sacó un cigarrillo de una pitillera de plata y esperó a que los hombres le dieran fuego. Aspiró el cigarrillo de boquilla larga y dejó que el humo saliera entre sus labios color carmín.

—Disculpen mi osadía, pero no quería hablar de este asunto en el Cuartel General, lo que les voy a contar es confidencial.

Alfonso guardó el mechero e intentó concentrarse en las palabras de la mujer. Sus ojos verdes se entrecerraban escoltados por unas largas pestañas.

—Ustedes investigan la muerte de Damian von Veltheim, un capitán de la Legión Cóndor —dijo la mujer con su fuerte acento italiano.

—Sí, es cierto —contestó Alfonso.

—Desconozco quién apretó el gatillo, pero sé exactamente quién y por qué ordenó que lo mataran —dijo la mujer muy lentamente.

Los dos hombres se miraron extrañados. Aquella dama era un verdadero misterio.

—¿Quién es usted? —preguntó Raymond.

—Mi nombre es lo de menos, llámenme Dalila.

—¿Quién ordenó asesinar al capitán, Dalila? —preguntó Alfonso sin poder esperar más.

—Lo que les voy a decir puede cambiar el curso de la guerra.

14

Salamanca, 14 abril de 1937

Onésimo se sentía profundamente decepcionado. Desde el comienzo de su misión había pensado que Franco y sus generales firmarían una paz con Euskadi y el PNV, pero después de la reunión sus dudas no dejaban de crecer. Tenía la sensación de que Franco buscaba alguna victoria significativa antes de intentar llegar a un acuerdo, y lo que parecía claro es que no cedería a ningún tipo de autogobierno.

Onésimo Arzalluz miró la puerta y observó al guarda. Parecía adormecido, faltaban pocos minutos para las doce y el edificio estaba completamente en calma. Salir en mitad de la noche después del toque de queda era una verdadera temeridad, pero era la única oportunidad para ver a Ettore Bastico.

Abrió la ventana de la habitación y descendió por ella. Eran apenas unos dos metros de altura. Después caminó deprisa por las calles solitarias. Sus pasos repicaban en los adoquines. Esperaba que sus hábitos le permitieran llegar hasta el cuartel general italiano sin problema. Intentó orientarse en mitad de la noche, pero no era fácil, llevaba muchos años sin pisar Salamanca. Al final dio con la calle y se acercó al cuerpo de guardia. Habló al sargento en italiano y unos minutos más tarde se encontraba ante Ettore Bastico.

—Padre, me alegra que haya podido venir —dijo el comandante besando la mano del sacerdote.

—Los caminos de Dios son impredecibles.

—Sabe que estamos haciendo lo imposible para que los vascos puedan vivir en la nueva España. Francesco Cavalletti, nuestro cónsul en

58

Santander, y Valerio Valeri desde París han tenido varias reuniones con religiosos y con miembros del gobierno —dijo Ettore.

—Me consta. El pueblo vasco y la iglesia vasca se lo agradecen.

—Sabe que soy un militar de carrera, mi oficio es la guerra, pero no me gusta ver morir gente inocente, sobre todo buenos católicos —dijo Ettore.

—Comandante, eso es lo más triste. Nos estamos matando entre hermanos.

Ettore ofreció un asiento al sacerdote y después se sentó él. A pesar de sus casi sesenta años, el oficial se conservaba en plena forma.

—Hemos hablado con Mola, también con Franco, pero no parece que quieran llegar a un acuerdo —dijo el sacerdote.

—Sí quieren llegar a un acuerdo, lo que sucede es que piensan que si ocupan una buena parte de las Vascongadas será más fácil que el gobierno vasco ceda en los puntos principales —dijo el italiano.

—Entonces, ¿la negociación es imposible?

—Imposible no, pero difícil. La única rendición que aceptarían ahora sería la incondicional.

—Eso es inadmisible —dijo el sacerdote.

—Aunque, si el gobierno entregara voluntariamente Bilbao, tal vez las cosas cambiaran —dijo el italiano.

—Pero, si entregamos Bilbao, el resto de Euskadi estará vendida. El cinturón de hierro es nuestra única defensa.

—Dígale a Aguirre que es la única solución y que tiene que darse prisa. Si no ceden ya las tropas de Franco no pararán hasta Bilbao y arrasaran todo a su paso. Franco quiere la guerra total —dijo Ettore.

—Pero el papa…

—Franco y sus generales no obedecerán al papa en este caso. Tampoco el Sumo Pontífice puede hacer nada, tiene las manos atadas. Lo único que le puedo prometer es que las tropas italianas serán respetuosas con la población, le doy mi palabra de honor.

El sacerdote se quedó mudo. La negociación estaba perdida, tenían que morir más vascos para que se intentara llegar a un acuerdo. Al fin y al cabo, el asunto era simplemente poner más muertos sobre la mesa.

—Será mejor que regrese a su prisión, de otra manera le retendrán como espía. Será más útil en las Vascongadas.

—Gracias, comandante —dijo el sacerdote poniéndose en pie.

El sacerdote caminó acompañado por un escolta hasta su prisión. Con la ayuda del soldado subió por la ventana y después se tumbó sobre la cama, vestido. Su misión había fracasado. La guerra continuaría su camino de destrucción hasta saciarse de la sangre de miles de inocentes.

15

Las luces del café apenas lograban reflejar los brillantes ojos de la mujer. Dalila los miraba fijamente, con los labios apretados, como si temiera contarles la verdad. Por unos instantes pensó en Mario, su esposo, en lo que podría suponer para él su traición, pero ¿quién estaba traicionando a quién? Cuando la verdad deja de ser la fuerza por la que se rige el mundo, ¿en qué confiar?

—Señora, por lo que nos está diciendo —comentó Raymond—, conoce quién o quiénes ordenaron la ejecución del capitán.

La mujer miró a un lado y al otro antes de responder.

—Sí —dijo casi en un susurro.

—¿Quién es el culpable? —preguntó Alfonso perdiendo la paciencia.

—No sé si conocen la pertenencia de Damian a la Abwehr —dijo la mujer.

—Sí, lo sabíamos.

—Un oficial alemán de alto rango vino al cuartel general italiano con unas órdenes. Una misión llamada Operación Rügen. ¿Han oído hablar de ella?

Los dos hombres negaron con la cabeza,

—No sé mucho de la operación, pero al parecer es una operación conjunta entre italianos y alemanes —explicó la mujer.

—No entiendo qué tiene eso de extraño ni su relación con la muerte del oficial alemán.

—Ahí está lo extraño. Escuché parte de la conversación del coronel Petro Faletti, uno de los colaboradores del comandante Ettore Bastico, con el oficial alemán. El alemán comentó que algunos miembros de la Abwehr sospechaban algo, pero que todo estaba controlado. Que mandaría a alguien para deshacerse de ellos. Mencionaron tres nombres y Damian von Veltheim era uno de ellos. Estoy segura.

—¿Sabe a qué cuerpo pertenecía el oficial? —preguntó Raymond.

—Pertenecía a las SS. Vi las insignias en la solapa —contestó la mujer.

—¿Por qué nos cuenta esto? —preguntó Alfonso.

—Mi marido va a participar en la Operación Rügen, no quiero que ponga en peligro su vida y traicione a Italia y los valores fascistas.

—Pero, ¿él sabe algo? — preguntó Alfonso

—Naturalmente que no. Precisamente por eso; le van a obligar a participar en una operación ilegal, que tiene como cometido algún fin oculto. No quiero que Mario sirva a traidores.

—¿Su marido es Mario Bonzazo? —preguntó Raymond.

La mujer le miró aturdida; su idea de ocultar su identidad acababa de esfumarse.

—Sí, ¿cómo lo sabe?

—Es el piloto que más aviones ha derribado en lo que llevamos de guerra —comentó Raymond.

—Una pregunta —dijo Alfonso—: ¿los otros dos nombres que mencionaron aquellos hombres fueron Marcus Schiller y Helmut Hartzenbusch?

—No estoy segura, el primero me suena, pero el segundo no.

—Son dos de los amigos de Damian y al parecer iban con él en su viaje a Salamanca. No hemos podido interrogarles todavía.

—Tengo que irme —dijo la mujer poniéndose en pie.

Los dos hombres se levantaron y se despidieron.

—¿Cómo podemos volver a ponernos en contacto con usted? — pregunto Raymond.

—Yo me pondré en contacto con ustedes si es necesario. Si descubren al oficial de las SS y algo sobre la Operación Rügen, simplemente será tirar del hilo —dijo la mujer mientras se alejaba de la mesa. Después salió del café y lograron verla cruzar la calle antes de que desapareciera en la espesa niebla que comenzaba a levantarse sobre la ciudad.

16

Aquella mañana Franco se sentía inquieto. Aquel alemán no le amedrentaba, pero era capaz de sacarle de sus casillas. Las relaciones con los germanos era cordial y no le convenía ponerse a mal con los nazis. Había dilatado la visita del embajador durante semanas, pero ahora tendrían que verse de nuevo las caras y no sabía cuánto tiempo más aguantaría los desaires del alemán.

—Paco, deja de moverte de un lado para otro —le dijo su hermano Nicolás.

—Ese maldito prusiano arrogante… —dijo Franco furioso.

—Deja que hable yo —dijo Nicolás.

—¿Dónde está mi cuñado? El sí que sabe tratar con estos nazis.

Nicolás miró furioso a su hermano. Desde la llegada de Serrano Súñer unos meses antes Franco se apoyaba más en el «Cuñadísimo», como la gente le llamaba, que en él. La culpa era de su cuñada Carmen, que solo veía por los ojos de su hermana pequeña y esta estaba empeñada en colocar en un buen puesto a su esposo.

—Serrano está intentando lo de la unificación, ya sabes que muchos falangistas no están dispuestos a fusionarse.

—Es verdad, Nicolás. Tengo la cabeza en mil asuntos. Hoy es la reunión de Hedilla, ¿verdad? —preguntó Franco.

—Sí, Paco.

—Hay que reventarla, esos falangistas son capaces de llegar a un acuerdo y hacer la puñeta —comentó Franco.

—Nuestros infiltrados meterán mucho ruido y, si es necesario, los encerramos a todos en el calabozo —dijo Nicolás.

—¿Estás loco? Tenemos que ser prudentes —respondió Franco.

Llamaron a la puerta y un soldado anunció al embajador alemán.

—El embajador de Alemania Wilhelm von Feupel.

El embajador entró en la sala con paso firme e hizo una leve reverencia a Franco, y después dio la mano a Nicolás. El Generalísimo forzó una sonrisa y ofreció un asiento al alemán.

—Me alegro de verle, von Feupel.

—Lo mismo digo —contestó el embajador en su perfecto castellano. Había vivido en varios países de América Latina y había sido encargado por Hitler para dirigir el Instituto Iberoamericano de Berlín, que perseguía acercar los países hispanos a su órbita.

—¿Qué noticias trae de mi querido amigo Adolf Hitler? —preguntó Franco.

—El Führer está decepcionado, esperaba que la guerra en España durara poco. La presión que están ejerciendo los británicos e ingleses es insoportable, teme que un alargamiento de la guerra impulse a las potencias neutrales a unirse a los rojos —dijo el embajador sin poder disimular su enfado.

—Las guerras se sabe cuando empiezan, pero no cuándo acaban. Eso únicamente puede saberlo Dios —dijo Nicolás.

—¿Dios? ¿Me toman el pelo? Deben emplear todas sus fuerzas en conquistar Madrid. Si la capital se rinde, el resto del país no tardará en hacerlo también.

—Las cosas no son tan sencillas, embajador —dijo Franco intentando disimular su enfado.

—Además, ese proyecto de unificar los partidos no es una buena idea —comentó el embajador.

—¿Qué sabe usted de eso? —preguntó Nicolás.

—La Falange es el único partido válido, representa los valores de España y del Nacionalsocialismo —dijo el embajador.

—Su país es un aliado, pero nadie le va a dictar a España cuál va a ser su estrategia militar y política —dijo Franco levantando la voz.

—¿Qué? La mayor parte del armamento llega a través de la HISMA y la ROWAK, sin nuestra ayuda no pueden ganar esta guerra.

—Los españoles no necesitamos sus armas. Ganaremos esta guerra aunque sea lanzando piedras —dijo Franco.

Nicolás se puso en pie y se interpuso entre los dos hombres.

—Querido embajador, informe al Führer de que el deseo del gobierno español y de Franco es terminar esta guerra cuanto antes para que no se derrame la sangre de gente inocente, pero una paz negociada significaría una resolución del problema a medias. Hay varios millones de españoles que son irrecuperables para el proyecto nacional. Es mejor que desaparezcan —dijo Nicolás.

—Hay muchas formas de eliminar a un enemigo del Estado. Nosotros podemos enseñarles qué hacemos con los disidentes políticos. Cuando Hitler llegó al poder el país estaba infectado de comunistas y ahora no queda ninguno suelto o con vida.

—No confundamos a nuestros verdaderos amigos con enemigos —dijo Franco más sosegado—, los enemigos a batir son Francia y la Unión Soviética. Sus ideas revolucionarias quieren extenderse como una mancha al resto de Europa. Juntos sacudiremos el yugo comunista de Europa —dijo Franco.

—Tengo que irme —dijo el embajador enfadado.

—Buenas tardes —contestó Franco.

El embajador miró al Generalísimo con desdén y sin mediar palabra salió de la sala dando un fuerte portazo.

—¿Qué se ha creído? —dijo Franco fuera de sí—. Quiero que llames hoy mismo a Canaris y que Hitler conozca el comportamiento de su embajador.

Nicolás apuntó las órdenes en un papel.

—Esta es mi guerra y nadie me va a decir cómo tengo que terminarla —dijo Franco.

—Paco, no podemos enfadar a los alemanes.

—Los alemanes también nos necesitan, ¿piensas que hacen todo esto por amor a su ideología o a España? Somos un país estratégico. Tenemos el control del acceso al Mediterráneo, estamos a la retaguardia de su enemigo, Francia; disponemos del apoyo de buena parte de América Latina. Hitler no va a retirar su apoyo. Le obligaré a que cambie a su embajador, te lo juro.

Franco cogió su gorra y salió del despacho entre resoplidos. Su hermano le observó incómodo. A veces seguía viendo al irascible de su hermano pequeño, al niño mimado al que nunca se le podía llevar la contraria, pero el poder que tenía ahora le convertía en un hombre al que era mejor no tener como enemigo.

17

Los tres hombres caminaban desde su residencia hasta la sala de reuniones. Hedilla marchaba en el centro, y su rostro reflejaba algo de nerviosismo. Él mismo no se consideraba un líder carismático, pero deseaba que la herencia de José Antonio Primo de Rivera no quedara diluida por los intereses de unos pocos oportunistas. Era favorable a adoptar doctrinas claramente nacionalsocialistas. Los viejos valores liberales, monárquicos y tradicionalistas eran incapaces de renovar España y devolverle su pasado glorioso. A su lado, José Antonio Serallach, un catalán muy cercano a los nazis, amigo del embajador alemán y cuya influencia sobre Hedilla era notable, caminaba pensativo. Muchos nuevos falangistas le veían como la verdadera cabeza pensante del dirigente falangista. Al otro lado, Víctor de la Serna, un cántabro duro e inflexible, partidario de la mano dura contra los disidentes, no disimulaba su inquietud.

—Ya sabes lo que Hitler hizo con las SA. Aprovechó que se sentían confiados y simplemente se deshizo de ellos. No debemos titubear ante los enemigos del partido —dijo Víctor de la Serna.

—Eso es cierto, pero los nazis tenían el poder y nosotros dependemos del ejército. Por eso debemos reforzar nuestra presencia en la lucha armada. Cuando podamos dominar al ejército podremos purgar el partido —dijo Hedilla.

—Ciertamente, pero pueden pasar años hasta que tengamos ese poder, además Franco... —dijo Serallach.

Hedilla le interrumpió.

—Las intenciones de Franco no son perpetuarse en el poder, cuando termine la guerra se retirará. Su deseo es seguir luchando por España en Marruecos.

—Eso decía César y tuvieron que matarlo —comentó de la Serna.

—Todo está en el aire, podemos construir la España que queramos y si no lo hacemos nosotros lo harán los italianos, que ya sabes que tienen intención de implantar la monarquía de los Saboya, o el propio Franco y sus ansias de poder; por no hablar de los monárquicos, los carlistas… —enumeró Serallach.

—Triunfará nuestra idea, porque es la única que devuelve a España su dignidad —dijo Hedilla.

De la Serna miró a su líder con cierto escepticismo. Sabía que la lucha no iba a ser fácil y que lo único que podía convencer a los opositores eran las pistolas.

—Rafael Garcerán nos está tocando las pelotas de nuevo. Ese maldito lacayo de Franco es peor que la peste. Él es el que ha propuesto lo del triunvirato. Ni que estuviéramos en la puñetera Roma —dijo de la Serna.

—Garcerán es un imbécil, no tenemos que temerle —dijo Hedilla.

—Nadie lo duda, pero no olvides que fue él quien prohibió la distribución de tu discurso, porque decía que era revolucionario. José Andino fue detenido por leerlo en Radio Castilla, manda huevos —dijo de la Serna.

—Todo eso se aclaró y Franco se disculpó, explicó que el delegado provincial de Burgos se había excedido —dijo Hedilla.

—Esa es su táctica, ¿no te das cuenta? Manda a uno de sus esbirros y cuando ve que la mayoría del partido sigue apoyándonos a nosotros se echa para atrás —dijo de la Serna.

Hedilla se apoyó pensativo en la mesa. De la Serna y Serallach le miraron preocupados. Los dos le tenían aprecio, pero estaba claro que aquel hombre era demasiado bueno y confiado para los tiempos que corrían.

—¿Irás a ver a Mola? —preguntó de la Serna.

—Iré, quiero ver qué nos ofrece —dijo Hedilla.

—El tiempo se acaba, esta guerra va a durar mucho todavía y si la

Falange no toma el papel protagonista, España se perderá —dijo Serallach.

Los tres hombres se quedaron en silencio. Quedaba poco tiempo para que comenzara el congreso, pero nunca se habían sentido tan perdidos como en aquellas horas previas a que el caos se adueñara del partido.

18

¡Qué coño es eso de la Operación Rügen! —exclamó Alfonso.

Raymond frunció el ceño y permaneció con la mirada puesta en el vacío. No le gustaba la mala educación de su compañero, pero debía reconocer que hasta ahora había demostrado su eficacia.

—No he oído hablar de esa operación —contestó el alemán.

—¿No podrías preguntarle a alguno de tus camaradas?

—Lo intentaré, pero cuando una operación es secreta, ningún alemán traicionará su juramento —dijo Raymond muy serio.

—Entonces habrá que rezar a la virgen para que lo sepa algún español —bromeó Alfonso.

Los dos hombres comenzaron a redactar el informe en silencio. Aquella misma mañana tenían que entregar sus conclusiones al general Mola.

—Esto es una estupidez, ¿cómo vamos a entregar un informe si no sabemos todavía qué pasó?

—Son las órdenes, Alfonso.

—¡A la mierda con las órdenes! Nos encargaron que descubriéramos al asesino de ese muchacho. Esta investigación no estará concluida hasta que interroguemos a Marcus Schiller y Helmut Hartzenbusch. ¿Dónde demonios se han metido esos chicos? —dijo Alfonso.

—Hemos preguntado en las oficinas de la Legión Cóndor y nadie sabe de ellos —dijo Raymond.

—¿Y eso no te extraña? Que pase con los españoles es normal, que no sabemos ni la madre que nos parió, pero a vosotros… Alguien los está ocultando, o peor aún, se los ha cargado —dijo Alfonso.

—¿Cargado? —preguntó el alemán.

—Cargado, liquidado, dado el paseíllo, mandado al otro barrio…

—Está bien, ya lo he entendido. Nosotros entregamos el informe y que cierren el caso si es eso lo que quieren —dijo Raymond.

—No tienes sangre en las venas. Nos han utilizado para salvar su culo y ahora, cuando las cosas comienzan a complicarse, cierran el caso.

—Nosotros cumplimos órdenes.

Alfonso arrojó las hojas sobre la mesa. Estaba viendo cómo se esfumaba su ascenso y, lo que era peor, tenía la sensación de que le habían tomado el pelo.

—Por mis muertos que voy a averiguar que pasa aquí, con tu ayuda o sin ella.

El alemán observó el rostro enrojecido de su compañero. Era verdad que los españoles se tomaban la vida demasiado en serio, pero en cierto sentido admiraba su capacidad de lucha y su independencia. Los alemanes habían nacido para obedecer y cumplir las reglas.

—Si te parece bien, haremos una cosa. Entregaremos el informe al general Mola, pero averiguaremos dónde están esos soldados y qué tiene que ver todo esto con la Operación Rügen —dijo el alemán.

Alfonso sonrió. Aquel alemán no parecía mal tipo después de todo. Se imaginó por unos momentos como agente de los servicios secretos o como comisario jefe de alguna ciudad tranquila de provincias cuando terminara aquella maldita guerra. Sobre todo pensó que el ser útil en la retaguardia le salvaría de los peligros del frente. Alfonso Ros no había nacido para morir tirado en una trinchera o junto a un camino como un perro. Él tenía una sola ideología: salvar el pellejo y vivir a cuerpo de rey. Todo lo demás le daba igual. Era una forma de ser español que enraizaba en lo más profundo de la cultura, el pícaro que ha nacido para sobrevivir a cualquier circunstancia a la que le enfrente la vida.

19

El general Mola leyó el documento en silencio, después levantó la vista y sin mediar palabra escrutó el rostro de Alfonso y de Raymond. Se puso en pie y con semblante serio se dirigió a los dos investigadores.

—Las conclusiones de su informe son absurdas. Primero dicen que Damian von Veltheim pertenecía a la Abwehr, pero no lo pueden demostrar a ciencia cierta. Después insinúan que la causa de la muerte pudo deberse a cierta información privilegiada sobre una operación militar y que la desaparición de dos de sus compañeros, Marcus Schiller y Helmut Hartzenbusch, sería determinante para conocer las verdaderas causas de la muerte. Todo eso es un montón de incongruencias y suposiciones —dijo el general Mola con el ceño fruncido.

—Tenemos una fuente, pero no podemos desvelar su identidad —comentó Raymond.

El general les miró muy serio.

—Ese tipo de fuentes no vale. Un simple caso de asesinato pasional lo han convertido en un crimen de espías. ¿Acaso dudan de la honorabilidad de los miembros de la Legión Cóndor? Esos muchachos vienen a nuestro país para dar su sangre por España.

—Yo pertenezco a la Legión Cóndor, pero eso no significa que todos los miembros voluntarios sean héroes. Hay también oportunistas y, sin duda, traidores —dijo Raymond, molesto.

—General, en toda cesta hay manzanas podridas. Damian se debió de enterar de algo gordo y simplemente se lo cargaron —dijo Alfonso.

—¿Quieren que presente este informe a Sperrle? ¿Piensan que Hitler aceptará estas suposiciones? —dijo el general Mola.

—No son suposiciones —dijo Alfonso.

—¿Dónde están las pruebas?

—Necesitamos algo más de tiempo —dijo Raymond.

—Ya les advertí que no teníamos tiempo. Debemos repatriar el cadáver y…

—Pero, general… —se quejó Alfonso.

—Escriban un informe más coherente y entréguenlo mañana, pero que se ciña a los hechos sin divagaciones. ¿Me han entendido?

—Sí, señor —contestaron los dos a coro.

Los dos hombres abandonaron el despacho visiblemente decepcionados. Las cosas habían marchado peor de lo que esperaban. Tenían un día para apoyar sus sospechas antes de entregar el informe definitivo. El tiempo se agotaba y su paciencia también.

20

Era la hora, pero nadie aparecía por allí. Había aceptado ir sin escolta y reunirse en una tasca a las afueras de la ciudad, el sitio perfecto para que cualquiera le metiera un tiro por la espalda. Salamanca estaba repleta de «camisas nuevas» capaces de matarle creyendo que servían al Movimiento. Hedilla miró de nuevo el reloj y justo cuando estaba a punto de levantarse entró un hombre elegantemente vestido, alto y con gafas, miró a un lado y al otro, y se acercó hasta su mesa.

—Buenas tardes, perdone el retraso —dijo José Antonio Sangróniz y Castro.

Hedilla hizo un gesto con la cabeza y el recién llegado se sentó, sin quitarse el abrigo, después de dejar el sombrero sobre la mesa.

—Se preguntará por qué nos hemos citado en un sitio como este. La respuesta es sencilla, la ciudad tiene mil ojos, no sucede nada que el ejército, los carlistas, los monárquicos o su propio partido no registre. El Generalísimo hubiera preferido verle en persona, pero las circunstancias lo desaconsejaban —explicó el hombre.

—Entiendo, pero ya hemos hablado en otras ocasiones y… —dijo Hedilla.

—Las cosas han cambiado notablemente —le interrumpió el hombre—, nuestro bando está más dividido que nunca y los rojos están reorganizándose. La guerra puede durar más de lo previsto y eso no nos conviene a ninguno.

—Tenemos a más de la mitad de España y el Norte no tardará en caer —dijo Hedilla.

—Los alemanes se impacientan, temen que el conflicto se generalice y las potencias apoyen a los republicanos. Algunos miembros del ejército no se someten totalmente al liderazgo del Generalísimo —comentó José Antonio Sangróniz y Castro.

Hedilla hizo un gesto de sorpresa. No esperaba tanta sinceridad de un diplomático.

—Franco quiere unificar todos los partidos, algo muy común en países de nuestra órbita como Alemania e Italia.

—No es lo mismo, en Italia el partido fascista tomó el poder y se prohibieron el resto de partidos, en Alemania ocurrió algo parecido —replicó Hedilla.

—Nosotros no podemos dividir más al país. Unificando a todos los partidos conseguiremos el mismo resultado. Naturalmente, la Falange será la directora de todo el proceso y usted el líder indiscutible —dijo José Antonio Sangróniz y Castro.

—Me han llegado rumores de que Serrano Súñer y Nicolás Franco planean algo muy distinto —dijo Hedilla.

—¿Va a creer en los rumores o en la palabra del Generalísimo? Franco quiere dedicarse a ganar la guerra y no meterse en política. Necesita alguien que lidie con todos los problemas del partido, que cuide de la ideología y mueva a las masas. Usted es el candidato perfecto.

Hedilla se quedó en silencio por unos instantes. Aquel ofrecimiento le pillaba de nuevo por sorpresa.

—No le entiendo, ¿podría concretar la oferta de Franco?

—Es muy sencillo: un partido, dos líderes. Él se mantendrá en un discreto segundo plano en el partido, usted lo dirigirá y procurará que el resto de fuerzas políticas se integren. Antes de terminar el año debemos tener un solo partido con una doctrina muy clara —comentó el hombre.

—Pero Franco sabe que no traicionaré el ideario de José Antonio. Tenemos una revolución pendiente, una reforma agraria, un reparto de la riqueza más racional.

—Naturalmente, pero todo eso tendrá que suceder después de ganar la guerra —dijo el hombre con una sonrisa.

—¿Puedo ver el acuerdo? ¿Cuándo se proclamaría el partido único?

—No podemos perder más tiempo. Las cosas se están complicando, algunos incluso hablan de llegar a un acuerdo con el Rey en el exilio y buscar una paz negociada. Eso es inadmisible, se ha derramado demasiada sangre de mártires para que ahora nos crucemos de brazos. En España no pueden convivir dos ideas tan distintas. ¿No le parece?

Hedilla no contestó. Sabía, de forma extraoficial, que José Antonio en sus últimas palabras había pedido terminar con la guerra y crear un gobierno de concentración nacional. Cualquier persona en su sano juicio no desearía otra cosa. Pero no era tan sencillo; en los dos bandos había muchos intereses que trascendían a los de la nación y muchos temían ser juzgados por sus atrocidades, los falangistas incluidos.

—Lo pensaré —dijo Hedilla.

—¿Qué? No puedo llevarle esa respuesta al Generalísimo —dijo el hombre ofuscado.

—Mañana será un día complicado, ya sabe que vienen delegados de toda España. Después de las reuniones podré tener una postura clara. Agradezca al general Franco su oferta y pídale que me dé más tiempo. No acostumbro a tomar decisiones a la ligera —contestó secamente Hedilla.

José Antonio Sangróniz y Castro se levantó con el rostro osco y se puso el sombrero.

—Tiene hasta mañana —dijo en tono de amenaza y después se dirigió hacia la puerta.

Hedilla le vio salir del local. Apuró su vaso de vino y se quedó unos instantes meditando la propuesta del general. Franco le parecía un buen hombre mal aconsejado. Sin duda Serrano Súñer ambicionaba dirigir personalmente el partido, pero tendría que ser por encima de su cadáver. En el fondo ese era el menor de sus problemas; los delegados del partido estaban a punto de llegar a la cuidad y los disidentes iban a plantar batalla, de eso podía estar seguro.

21

No mediaron palabra, pero estaba claro que ninguno de los dos estaba dispuesto a escribir un informe y mirar para otro lado. Aquel asunto olía demasiado mal para simplemente pasar página. Se dirigieron de nuevo al prostíbulo y buscaron a la muchacha que se había acostado con el alemán aquella noche. Tal vez se les había pasado algo por alto, un detalle que abriera un nuevo camino en la investigación.

La chica parecía más temerosa que unos días antes, como si hubiera tardado en asimilar la gravedad de los hechos de los que había sido testigo.

—No sé qué quieren de mí, ya les he dicho todo lo que sabía.

—Siéntese —dijo Alfonso algo agresivo.

La chica se sentó asustada; en su rostro reflejaba el cansancio y la angustia de los últimos días.

—¿Aquel joven había venido en otras ocasiones? —preguntó Raymond.

—No, era la primera vez.

—Mientes —dijo Alfonso.

—¿Por qué iba a mentir? —contestó la chica nerviosa.

—No pareces una prostituta que ha perdido un cliente, sino una mujer que ha perdido a su novio —dijo Alfonso.

La chica tragó saliva y bajó la mirada.

—Si nos dices la verdad, podremos ayudarte. Corres un serio peligro —dijo Raymond.

—No era la primera vez. Llevaba un par de meses viniendo casi todos los fines de semana. Pagaba un dinero extra para que no me acostara con nadie más. Me prometió que cuando terminara la guerra me llevaría a Alemania. Yo sabía que era imposible, pero por primera vez en mi vida sentía que alguien me quería de verdad —dijo la mujer echándose a llorar.

—¿Conocías al que le mató? —preguntó Alfonso.

—No.

—¿Era un compañero de la Legión Cóndor? —volvió a preguntar Alfonso.

—No lo sé.

—Tuviste que ver u oír algo —dijo Alfonso perdiendo la paciencia.

—El hombre me miró un segundo, pero su rostro estaba en la oscuridad —dijo la chica.

—¿Viste sus manos? —preguntó Raymond.

—Levemente. Eran algo velludas —dijo la chica.

—¿No dijo nada? —preguntó Alfonso.

La chica se quedó pensativa por unos instantes. Se esforzaba en recodar. La muerte de Damian era algo que hubiera preferido olvidar, pero debía hacerlo por él, y por ella.

—Hizo como un gesto y dijo como un gruñido.

—¿Cómo era?

—Algo como *riugen* —dijo la chica.

—¿*Riugen*? —dijo Alfonso.

—Rügen —dijo Raymond en su perfecto alemán.

—Sí, eso —contestó la chica señalando con el dedo.

—Tienes que firmarnos una declaración. Después nos encargaremos de que te saquen de Salamanca —dijo Raymond.

En ese momento escucharon cómo un jarrón de cristal que estaba en la mesa camilla junto a ellos estallaba en mil pedazos. Tardaron unos segundos en reaccionar. Raymond tiró del brazo de la chica para que se agachara, pero otro silbido le rozó la oreja. La chica se desplomó en el suelo. Raymond y Alfonso se miraron debajo de las faldillas de la mesa. Alfonso extrajo una pistola mientras el alemán seguía sosteniendo el brazo de la chica tumbada sobre el suelo de madera. En algún momento Raymond notó que la mano se ponía fría. Se incorporó un poco y vio la cara de la chica hundida contra el suelo. Un segundo más tarde un charco de sangre comenzó a formarse alrededor de su pelo negro y rizado.

Alfonso se levantó y disparó contra la ventana. El cristal, agujereado, estalló en mil pedazos.

En un edificio cercano, un francotirador guardó la escopeta en su funda de piel y se la colgó al hombro con tranquilidad. Después bajó las escaleras y salió por la parte trasera del edificio. En unos segundos se había unido a la multitud de soldados que circulaban con uniformes idénticos al suyo por las calles de Salamanca.

22

Salamanca, 16 de abril de 1937

El Gobierno cree que le es posible actualmente realizar reformas sociales, aun sin el concurso de la Falange, adoptando para sí una parte del programa de esta última. Esto puede ser viable. Pero no es posible conquistar para las ideas nacionales y para las ideas sociales verdaderamente realizables a la población obrera, sobre todo a la de la zona roja que falta por reconquistar, a fin de vincularla al Estado nuevo, sin el concurso de la Falange —leyó el embajador Wilhelm von Feupel.

—¿Ese es el informe que le va a mandar a Hitler? —preguntó Hedilla.

—Sí, creo que define muy bien la situación, ¿no cree?

Hedilla se pensó la respuesta. Cada vez tenía más dudas. Le daba la sensación de que todos querían llevarle a su bando, pero fuera cual fuera su decisión la Falange quedaría seriamente afectada.

—¿Qué pensaría si le digo que Franco me ha ofrecido la dirección del nuevo partido y me ha dado carta blanca para que siga con las reformas?

El embajador le miró con los ojos desorbitados.

—Ese manipulador no se da por vencido. Necesita a la Falange para sus maquinaciones, ¿no se da cuenta?

—Hitler le apoya —dijo Hedilla.

—Por ahora, pero eso va a cambiar muy pronto —dijo el embajador en tono misterioso.

—No creo que el Führer busque nuevas alianzas en mitad de la guerra —dijo Hedilla.

—Si Franco pierde su prestigio, hay gente dentro del propio ejército que pedirá su cabeza. Entonces será el momento del cambio.

—Los generales son muy cobardes. Queipo de Llano insulta al Generalísimo en privado, pero en público no se atreve a contradecirle; al general Mola le pasa lo mismo —dijo Hedilla.

—Hay una notable diferencia entre ambos. El general Mola está a punto de pasar a la acción, pero necesitamos su apoyo. Tiene que tomar una decisión.

—Hoy va a ser un día muy largo y difícil, puede que esta noche esté muerto, degradado o ambas cosas.

—Podemos protegerle. Tenemos los mecanismos para hacer desaparecer a todos sus enemigos —dijo el embajador.

Hedilla le miró molesto, él no era un cobarde que necesitara la protección de los nazis. Podría enfrentarse a sus enemigos y salir victorioso.

—No hace falta. Mañana intentaré darle una respuesta definitiva, pero si al final no les apoyo, le prometo que no contaré nada a nadie. Le doy mi palabra de honor.

Wilhelm Von Feupel observó el rostro redondo y bonachón del falangista. Estaba claro que no era el tipo de persona capaz de traicionarte, pero también era evidente que no era el líder que necesitaba el país. Les serviría por un tiempo, pero todavía estaba por surgir el nuevo hombre que llevara a España al sitio que se merecía.

—Espero su respuesta —dijo el embajador.

—Se la daré, de eso puede estar seguro. Las cosas están llegando a su punto más crítico. De aquí en adelante solo pueden ir a mejor. España sabrá reconocer a los que la lleven por el camino de la victoria hacia su futuro glorioso. ¡Arriba España!

—¡*Heil* Hitler!

Después salió del despacho de Hedilla y se dirigió de nuevo al consulado. Sabía que Franco quería repatriarle a Alemania, pero antes de irse le dejaría un regalo de parte del pueblo alemán.

23

Tenemos que votar, está claro que Hedilla no puede gobernar el partido —dijo Aznar.

Parte de la Junta Política se había reunido a espaldas del líder con la intención de destituirlo.

—Será mejor que creemos un triunvirato. Yo propongo a Aznar, Garcerán y Moreno —dijo uno de los asistentes.

El resto del grupo levantó la mano para apoyar la propuesta. Después todos comenzaron a aplaudir.

—No será fácil que reconozca su fracaso —dijo Aznar—. Ese maldito mecánico es tozudo como una mula.

—Le haremos entrar en razón, aunque sea con la fuerza de los puños o de las pistolas —comentó Moreno.

—Ahora tenemos que formar un comité que entregue el cese a Hedilla —dijo Aznar.

—Eso es muy peligroso. ¿Quién se va a atrever a entrar en el cuartel general de Hedilla y darle su cese? —dijo Moreno.

—Pues hay que hacerlo con dos cojones —comentó Garcerán.

—Ahora son las diez de la mañana; antes de una hora el mecánico estará cesado —bromeó Aznar.

Manuel Aznar salió por la puerta con el documento en la mano y le siguieron media docena de camaradas. Desde su huida de Madrid, justo cuando se desencadenó la guerra, no había sentido esa sensación de temor y euforia. La Falange no podía convertirse en un nido de rojos. La supervivencia del movimiento estaba en juego. Además, los nazis estaban metiendo todo el día cizaña para que la Falange abandonara al Generalísimo; pero Franco era la única esperanza para España.

Llegaron frente a la sede de la Falange y subieron las escaleras aceleradamente. En la puerta les detuvieron unos guardias civiles.

—Por favor, los papeles —dijeron los guardias sin muchos miramientos.

Mientras los miembros del grupo enseñaban la documentación, Lisardo Doval, el jefe de los guardias civiles, se fue para dentro. En la sala ya estaban reunidos Víctor de la Serna, Serrallach, Maximiliano García Venero, Francisco Yela y José Sáinz.

—Están aquí —dijo Doval a Hedilla.

—Que no pasen —ordenó el líder ofuscado—. No esperaba que se atrevieran a tanto.

—Déjales pasar, ignorarlos no nos sirve de nada —dijo de la Serna.

Hedilla le miró indeciso.

—Que pasen.

Lisardo Doval salió y ordenó al grupo que entrara. Los conjurados se pusieron a un lado y dejaron que Aznar se adelantase. En ese momento se levantó Laporta para intentar intermediar.

—Enfrentándonos no se consigue nada. La Falange está en peligro y necesita que actuemos conjuntamente, José Antonio…

—¡No mientes a José Antonio! —dijo Aznar furioso—. Él creía en una España grande, católica y libre, pero vosotros queréis destruir sus valores y poner a la misma altura a los obreros y las familias más nobles de nuestra nación.

—Eso es mentira —dijo de la Serna.

—¿Mentira? El liderazgo dubitativo de Hedilla nos lleva al caos. ¿Quién ha ordenado crear cuarteles para los miembros del partido? ¿No ha sido él? Estáis locos. Si el ejército se pone serio, esto será otra noche de los cuchillos largos —dijo Aznar.

—Nuestros hombres necesitan adiestrarse —se justificó Hedilla.

—Pues que se enrolen en el ejército —dijo Aznar.

—Hitler reconoce a Hedilla como líder del partido —dijo de la Serna.

—Pues el Duce no lo tiene tan claro, y Franco… —dijo Aznar.

Todos se quedaron en silencio, como si la simple mención del Generalísimo les diera miedo.

—Franco no tiene nada que decir —comentó de la Serna—. Que yo sepa no es miembro del partido.

Se escucharon algunos cuchicheos de fondo y al final Aznar dio un paso al frente y entregó la resolución.

—¿Qué es esto? —preguntó Hedilla mirando el documento.

—Es un pliego de los cargos por los que quedas cesado —dijo Aznar.

Un silencio asfixiante llenó la sala. Algunos se aferraron a sus pistoleras, pero Hedilla hizo un gesto para que se calmaran.

—Esto no vale para nada. ¿Quiénes sois vosotros para sustituirme?

—El nuevo triunvirato que preside la Falange —dijo Aznar muy serio.

—Esto no quedará así —comentó de la Serna cogiendo los papeles a Hedilla.

El grupo salió despacio, con el temor de que el tiroteo comenzara en cualquier momento, pero no sucedió nada. Los tiros aún tardarían en llegar.

24

Salamanca, 16 de abril de 1937

De la Serna y Hedilla esperaron en vano, Franco no podía recibirlos. El teniente coronel Barroso salió del despacho y se acercó a ellos.

—Lo lamento, imposible. El Generalísimo está a punto de comenzar una nueva campaña y eso requiere todo su tiempo.

—Será un instante. ¿Le ha dicho que se trata de un asunto grave? —dijo Hedilla.

—Le he informado de todo y me ha prometido que se pondrá en contacto con usted en cuento pueda —dijo Barroso.

De la Serna se levantó furioso y puso su cara junto a la del teniente coronel.

—Mire, las cosas están muy negras, no podemos esperar. Franco tiene que recibirnos ahora.

—Señores, cálmense. No me gustaría llamar a la guardia para que les saque de aquí. Les he dicho que el Generalísimo se pondrá en contacto con ustedes.

Hedilla se puso en pie y colocó una mano sobre el hombro de su amigo.

—Déjalo, será mejor que nos las apañemos por nuestra cuenta.

Los dos hombres se dirigieron a la salida y abandonaron cabizbajos el edificio.

Dentro de su despacho Franco observó por la ventana cómo se alejaban, y después se dirigió a Aznar, Garcerán y Moreno.

—Ya saben que yo no me meto en política. Lo que decida la Falange va a misa. Me parecen razonables sus nombramientos, pero no quiero inmiscuirme. Será mejor que arreglen el asunto entre ustedes —dijo Franco.

—¿Entre nosotros? Lo único que falta es que le matemos. Envíe un regimiento y detenga a todos los disidentes que no aceptan su autoridad —dijo Aznar.

—Soldados contra falangistas, podría liarse gorda. En el frente estamos luchando codo con codo y aquí nos damos de tiros. Eso pasa en el otro bando, pero no en la España Nacional —dijo Franco enfadado.

Los tres hombres se quedaron aturdidos. Contaban con el apoyo incondicional del Generalísimo, pero aquel hombre nunca se arriesgaba a perder.

—En unos días leeremos el decreto de unificación de todos los partidos, lo único que espero es que hayan resuelto este asunto para entonces. Pueden marcharse —dijo Franco muy serio.

Aznar y sus compañeros salieron aturdidos. Eran la cuatro de la tarde y el día no parecía terminar nunca.

25

Salamanca, 17 de abril de 1937

Franco está con ellos —dijo de la Serna.

—Estos cabrones lo van a pagar caro —dijo Hedilla enfadado.

—¿Qué hacemos? —preguntó de la Serna.

—¿Han sido interceptados los mensajes que enviaban?

—Sí, creo que hemos conseguido capturar todos.

—Estupendo. Los conjurados tienen el edificio de la Junta de Mando; que se encarguen los cadetes que entrena Hartmann, pero no quiero que se derrame sangre —dijo Hedilla.

—Se hará lo que se pueda, aunque si se ponen chulos… —comentó Serrallach.

—Envía a Goya al mando y que le ayude López Puertas —dijo Hedilla.

—¿Qué hacemos con Sancho de Ávila, Garcerán, Aznar y el resto? —preguntó de la Serna.

Hedilla dudó unos instantes.

—Hay que cogerlos prisioneros.

Cuando el grupo de Goya y López Puertas salieron en busca de Sancho de Ávila era ya noche cerrada. Les acompañaban Fernando Ruiz de la Prada, Aureliano Gutiérrez Llano, Santiago Corral y Corpas, todos bien armados y con la idea de sacar las pistolas en cuanto las cosa se pusieran mal.

—Será mejor que tomemos algo antes de ir a por esos pájaros —propuso Goya.

El resto del grupo asintió. Después de varias copas, todos estaban más que decididos a llegar hasta el final.

—Chicos, ¿tenéis montadas las pistolas? No quiero fallos de última hora. Coged en la mano un par de bombas y vamos para allá —dijo Goya.

Buscaron al sereno y después de que les abriera la puerta subieron hasta el piso. Sancho les abrió en pijama; le sudaban las manos y le tartamudeaba la voz. Estaba al corriente de a cuántos habían sacado de noche que nunca más se había vuelto a saber de ellos.

—¡Vosotros me vais a matar! ¡Me vais a pasear, cabrones!

En ese momento se asomó uno de los compañeros, un tal Peral, y empujó la mano de Goya. Un disparo silbó en el aire y todos sacaron las pistolas.

López Puertas se acercó, pero Goya estaba en el suelo en medio de un gran charco de sangre. Sancho corrió al interior y Peral se inclinó para comprobar si Goya estaba muerto. López Puertas le disparó a bocajarro y cayó hacia atrás, retorciéndose.

Sancho de Ávila se abalanzó sobre López Puertas y le mordió el brazo para que soltase la pistola, pero el resto de compañeros se hicieron con él por la fuerza.

Dos guardaespaldas salieron de unas habitaciones del fondo y uno de los hombres le lanzó una bomba. Después del estruendo, un humo negro inundó el piso y todos se quedaron parados esperando a que se disipase. La guerra entre las dos facciones había comenzado.

Unas horas después fueron a por Garcerán, pero este les recibió a tiros desde el balcón de su casa. Estaba tan asustado que cuando llegó la guardia civil siguió disparando a todo el que se acercaba por la calle.

Aquella noche de locos se escucharon disparos por toda Salamanca. Los falangistas estaban en guerra justo antes de que su partido, tal y como lo habían conocido hasta entonces, desapareciera para siempre.

Franco dio instrucciones desde su despacho de que las autoridades no intervinieran. Cuanto más débil fuera la Falange, más fácil sería gobernarla y moldearla a su antojo. ¿Qué importaban unos pocos muertos más en medio de una guerra que había terminado con la vida de cientos de miles?

26

El hotel Continental era un hervidero de gente aquella mañana. Se veían muchos camisas azules y oficiales del ejército de permiso, aunque también había civiles de diferentes países que venían a la ciudad para vender armas y todo tipo de mercancías. Italianos, franceses, argentinos, alemanes y portugueses se hacían ricos de la noche a la mañana tras conseguir vender algún producto al ejército, sobre todo armas, carros de fuego o transportes.

Alfonso y Raymond se movían por el *hall* del hotel incómodos. No les parecía el mejor sitio para tener una reunión confidencial. Ese mismo día tenían que presentar el informe al general Mola y no descartaban la posibilidad de que los servicios secretos españoles o alemanes les siguiesen.

Se sentaron en uno de los salones más alejados y esperaron con impaciencia la llegada de la mujer.

Dalila entró por la puerta vestida con un elegante abrigo de piel. Su figura esbelta destacó entre las pocas mujeres de oficiales que se paseaban por el hotel. El pelo moreno y ondulado le caía por los hombros. Les miró con sus grandes ojos verdes y sonrió.

No parecía una espía, pensó Alfonso mientras se acercaba; más bien le recordaba a esas estrellas norteamericanas del cine.

—Caballeros —dijo Dalila con su fuerte acento italiano.

Los dos hombres se pusieron en pie hasta que la mujer se sentó en un sofá cercano. La miraron durante un rato y ella se limitó a sonreír, como si disfrutara con la contemplación embelesada de Alfonso y Raymond.

—He quedado con ustedes en este hotel por una razón —dijo de repente.

—¿Qué razón? —preguntó Raymond.

—Les comenté que había un complot y que el causante de la muerte del joven oficial no era un amante o un marido celoso. Ahora tengo las pruebas que lo demuestran.

Los dos se miraron sorprendidos. Eso era justo lo que necesitaban para que el general Mola les creyese.

—La Operación Rügen ya está en marcha. El enviado del gobierno vasco se reunió con Ettore Bastico. Al parecer, la iglesia está intercediendo para llegar a un pacto entre el bando nacional y el gobierno vasco. En el documento que poseo se habla de que el embajador alemán, un alto mando de la Legión Cóndor y del ejército español y un miembro destacado de la Falange están detrás de la operación —dijo la italiana.

—Pero, ¿la Operación Rügen es una operación militar? —preguntó Alfonso.

—Naturalmente —dijo Dalila con una sonrisa.

—Una operación del frente norte, imagino —dijo Raymond.

—Una operación tan importante que puede cambiar el rumbo de la guerra y del gobierno —dijo Dalila.

—¿Quiere tomar algo? —preguntó Raymond.

—Un té, por favor —dijo ella.

Raymond se levantó y fue a buscar a un camarero. Alfonso observó detenidamente a la mujer.

—Todavía no entiendo por qué se arriesga de esta manera, ¿tanto ama a su marido?

La italiana bajó la mirada; por unos instantes pareció una mujer vulnerable y asustada. Alfonso se aproximó a ella, apenas a unos centímetros. Pudo oler su perfume y cómo se estremeció cuando el posó una mano sobre las suyas.

—Lo que está a punto de hacer puede ser muy peligroso. Será mejor que abandone Salamanca y regrese a Italia.

—Eso nunca —dijo la mujer apartando las manos.

—Si los conspiradores se enteran de lo que está haciendo la matarán a usted y puede que también a su esposo.

La mujer se echó a llorar de repente. Su pecho subía y bajaba mientras intentaba frenar las lágrimas.

—¿Qué le sucede? —preguntó Alfonso.

—Mi esposo murió ayer en una misión aérea —dijo la mujer entre sollozos.

Alfonso la abrazó y ella hundió su cara en la chaqueta del uniforme. Raymond llegó con el té en la mano y se quedó petrificado cuando observó la escena.

Maldito cerdo, pensó mientras dejaba el té en la mesita. Cuando la mujer notó la presencia del alemán se apartó bruscamente de Alfonso. Miró a Raymond e intentó hablar, pero las lágrimas se lo impidieron.

—¿Su esposo murió ayer? —dijo sorprendido Alfonso.

—Lo siento —dijo Raymond.

Los dos hombres permanecieron en silencio unos momentos. Después la mujer se secó las lágrimas y comenzó a dar sorbos al té.

—Les dejaré el informe, pero tienen que prometerme que ocultarán mi identidad. No quiero que caigan ningún tipo de sospechas sobre la honorabilidad de mi esposo.

—Puede estar tranquila —dijo Alfonso.

—Mañana partiré para Lisboa y regresaré a Italia, aunque no me guste. El cuerpo de mi esposo será repatriado en unos días. Tengo que preparar las cosas para el entierro —dijo la mujer recuperando la entereza.

—¿Podemos ayudarla en algo? —se ofreció Alfonso.

Raymond pensó en el tipo de ayuda que el español quería darle realmente a la italiana y no pudo disimular su enfado.

—Gracias, pero será mejor que me marche.

La mujer sacó de su bolso un documento enrollado y se lo entregó al alemán. Después se puso en pie. Los dos hombres la imitaron.

—Raymond, acompañaré a la señora a su residencia —dijo Alfonso muy serio.

El alemán asintió con la cabeza.

—Nos vemos en un par de horas, tenemos que terminar el informe —dijo Raymond.

Alfonso ayudó a la mujer a colocarse el abrigo de pieles y los dos salieron del hotel. Le mujer parecía algo aturdida, como si al entregar el documento hubiera perdido sentido su existencia. Alfonso caminaba en silencio junto a ella.

Las calles de la ciudad parecían mortecinas por la tarde, la primavera no terminaba de llegar después de aquel invierno frío y violento del 37. La nieve había cuajado hasta finales de marzo y las temperaturas seguían siendo bajas a pesar del sol de la cercana primavera.

Caminaron unos quince minutos y entraron en el portal de la casa. La mujer se paró para darle las gracias, pero el se abalanzó sobre ella y comenzó a besarla apasionadamente.

—Pare, por favor —dijo la mujer derrotada por la tensión y los nervios.

Él la miró en medio de la oscuridad del portal.

—Aquí no —dijo ella y le tomó de la mano. Subieron hasta el piso, entraron y comenzaron a desnudarse por el pasillo hasta llegar al dormitorio.

Alfonso miró el cuerpo desnudo de la mujer. No recordaba la última vez que había estado con una señora; para él las prostitutas eran meros objetos de placer, pero aquello era diferente, no tenía nada que ver con el amor, pero sin duda era lo más parecido que conocía.

27

Se sentía inquieto. Llevaba varios días sin tener noticias de los italianos y los acuerdos con Franco tampoco marchaban bien. Desde la primera reunión, en la que había asistido el Generalísimo, las siguientes fueron simples reuniones informales con Juan Vigón. Naturalmente, no le dejaban comunicarse ni por carta ni por teléfono con Bilbao, tampoco con Roma. Estaba secuestrado dentro de aquel edificio viejo y raído. Por eso se extrañó cuando uno de los soldados le llevó una carta. Miró el sobre, pero únicamente ponía su nombre en una hermosa caligrafía. Su color ahusado le daba un aire personal, casi la de una invitación a una fiesta. Cuando abrió la carta encontró una cuartilla del mismo color, cuidadosamente doblada y que contenía una única frase escrita a máquina: *Esta noche en la Plaza de Salamanca.*

Onésimo Arzalluz se movió nervioso por la habitación y dejó la nota sobre la mesa. Aquella carta abría más incógnitas a la incertidumbre de los últimos días. ¿Quién era el autor? ¿Para qué quería verle? Por otro lado, escapar de la vigilancia no era imposible, ya lo había hecho para ver a Ettore Bastico, pero estuvieron a punto de descubrirle.

Se puso el abrigo y miró a la calle oscurecida; no parecía verse ningún guardia a la vista. Se encaramó a la ventana y descendió al suelo. Una vez en tierra firme se colocó el abrigo sobre la sotana negra y caminó despacio, como si estuviera dando un paseo a la luz de la luna.

La plaza estaba próxima, no se veía a mucha gente a pesar de ser temprano. El día estaba algo desapacible y la gente procuraba llegar a casa antes de que oscureciera. Miró a su alrededor, buscando a alguien que le estuviera observando, pero no encontró a nadie.

La luz de la luna se veía entre nubes y las pocas farolas que funcionaban apenas arañaban a la oscuridad su manto negro. Se aproximó a las arcadas. En medio de la plaza el viento era desapacible. Miró el reloj y comenzó a impacientarse.

Una sombra se acercó por el fondo de la plaza. Sus pasos martilleaban los adoquines; se aproximó a Onésimo, pero se mantuvo a una ligera distancia. La falta de luz y el sombrero le tapaban la mayor parte de la cara, dejando a la luz una boca algo carnosa, de piel clara.

—¿Onésimo Arzalluz? —preguntó el hombre.

El sacerdote sonrió y se acercó a la figura.

—Para servirle —dijo en tono cordial.

—Los hombres de Dios no deberían inmiscuirse en los asuntos de los hombres, ¿no cree?

—Dios se inmiscuyó en los asuntos de los hombres, envío a Jesucristo.

—Padre, no me venga ni con teologías. Vengo a darle un recado.

—¿Un recado?

—Sí, España no se vende.

El sacerdote le miró aturdido, no entendía nada.

—¿Por qué me dice eso? Yo únicamente quiero la paz, que no se derrame más sangre de gente inocente.

—Sangre española, para proteger a hombres de la iglesia como usted, pero todos los curas vascos son unos traidores a España —dijo el hombre comenzando a alterarse.

—Lo lamento, pero no voy a discutir con usted —dijo el sacerdote dándole la espalda.

El hombre le cogió por el hombro, furioso, y le dio la vuelta bruscamente.

—Padre, no me de la espalda.

—Pero…

Onésimo no pudo terminar la frase. El hombre sacó una pistola de su gabardina y le disparó dos tiros en el estomago. El silenciador siseo las balas; lo único que pudo ver la gente cercana es que un sacerdote se apoyaba en otra persona.

El hombre agarró el cuerpo y lo dejó sentado, con la espalda apoyada sobre una columna. Después se encendió tranquilamente un cigarrillo y se alejó caminando por la plaza.

28

Cuando el informe con la muerte del padre Onésimo llegó a la mesa de José Ungria, se tiró de los pelos. La protección del enviado del PNV era una de las primeras misiones del recién creado SIM y sus hombres habían metido la pata hasta el fondo.

—¿Por qué el sacerdote no estaba vigilado? —preguntó Ungria intentando controlar su furia.

—Se escapó, nadie se dio cuenta —se disculpó el capitán.

—¿Nadie se dio cuenta? ¿Sabe lo grave que es este asunto? Ese hombre era un enviado del gobierno vasco, recomendado por el cardenal Goma, apoyado por la Santa Sede. Tenemos la mierda al cuello, Salmerón. Quiero que mande al frente a los responsables de la seguridad y los guardas.

—Sí, señor —dijo el capitán nervioso.

—¿Lo sabe el Generalísimo?

—No, señor. Usted es el primero en saberlo.

—Pídame una audiencia inmediata con él. Venga, no se quede ahí mirando como un pasmarote.

El capitán salió del despacho a toda prisa.

—Maldita sea, ahora sí que estamos jodidos de verdad —dijo entre dientes Ungria. Después cerró el informe. Se colocó el abrigo y salió hacia el cuartel general.

Cuando entró en el despacho de Franco comenzó a sudar.

—Generalísimo, no sé cómo ha podido suceder —intentó disculparse.

El rostro sombrío de Franco le escrutó por unos instantes, después comenzó a golpear con el informe la mesa.

—Han matado a un sacerdote, una persona recomendada por el Primado de España y el secretario del papa. ¿No se da cuenta?

—Sí, pero encontraremos al culpable.

—Alguien está intentando ponerme en entredicho con la Santa Sede, ahora que las cosas empezaban a marchar mejor. Además, teníamos a esos independentistas comiendo de nuestra mano, Ungria.

—Lo siento.

—No valen disculpas ni lamentaciones, es la última oportunidad que tiene, otro error de este calibre y me encargaré de que le pongan en primera línea. Busquen y encuentren al asesino. Alguien tiene que haber visto algo; le han matado en la propia plaza —dijo Franco furioso.

—Sí, Señor.

—Que la prensa no se entere, cuanto más tiempo podamos ocultar la muerte del sacerdote, mucho mejor.

—Seremos discretos.

Franco frunció el ceño y, agitando las manos, le dijo:

—¿A qué espera? Venga, cumpla las órdenes.

Ungria salió del despacho casi corriendo. Las primeras horas eran imprescindibles; el asesino debía seguir en la ciudad.

Franco se acercó a Serrano Súñer, su cuñado, que había permanecido en silencio durante la breve reunión.

—Ya te lo decía yo, Paco, que algunos militares están tramando algo. Tenemos que estar alerta —dijo Serrano Súñer.

—No creo que esto lo hayan hecho los militares —respondió Franco.

—¿Entonces quién?

—Los propios republicanos, tal vez los servicios secretos… es imposible estar seguros hasta que atrapen al asesino.

Serrano Súñer se puso en pie. Su figura delgada destacaba frente a la gordura de su cuñado.

—¿Cómo va todo lo de la unificación? —preguntó Franco.

—Muy bien, los italianos tenían razón, la idea de crear un solo partido es la mejor forma de asegurar el control político. Guglielmo Danzi ya ha informado a Ciano y Mussolini. Los miembros reacios de la Falange no encontrarán apoyo en Italia —dijo Serrano Súñer.

—¿Los alemanes están advertidos? —preguntó Franco.

—Ese maldito embajador alemán no ha accedido a informar a Hitler, pero tenemos nuestros propios contactos. No creo que el Führer se oponga a la unificación —dijo Serrano.

—Esperemos que Hedilla acepte la propuesta. Ya nos desharemos de él cuando convenga, no quiero una guerra entre falangistas como la de hoy.

—No habrá más incidentes, te lo garantizo —dijo Serrano Súñer.

Franco se quedó en silencio. Pocos le habían visto alguna vez así, perdido en sus pensamientos. Sus temores comenzaban a afectarle. Debía cortar las alas tanto a amigos como a enemigos. No se podía fiar de nadie, pensó mientras se ponía a estudiar de nuevo los mapas de operaciones.

29

Salamanca, 17 de abril de 1937

Alfonso entró en la oficina y observó que todo el mundo estaba muy alterado. Los agentes corrían de un lado para otro con papeles en la mano y los jefes estaban reunidos en la gran sala del fondo. Se aproximó a la mesa de un compañero y le dio la vuelta a una de las órdenes urgentes.

—¿Qué haces? —le preguntó el hombre quitándole la hoja de la mano.

—¿Se puede saber qué está pasando? —preguntó Alfonso.

—¿No te has enterado? Estamos en alerta máxima, alguien se ha cargado a un cura, un enviado de los vascos, creo.

—¿Un cura?

Raymond se acercó por detrás y le increpó:

—Ya era hora, dijiste dos horas y ya es de noche. El general Mola está esperando nuestro informe.

—Perdona, pero la pobre señora estaba…

—No me cuentes detalles. Nos espera mucho trabajo.

Se sentaron en su mesa y Raymond extendió dos informes de balística a Alfonso.

—¿En qué coinciden? —preguntó Raymond.

—Según parece son del mismo calibre.

—Eso es evidente, pero mira esto —dijo el alemán señalando un párrafo del informe.

—¿Son de la misma arma? —preguntó sorprendido Alfonso.

—Exacto, la misma pistola mató a Damian y al cura vasco.

—Pero, ¿qué tienen que ver uno y el otro? —preguntó Alfonso.

—Aparentemente nada. No creo que nadie se haya percatado, probablemente nadie haya relacionado todavía los crímenes. Es una Astra 300, 9 mm.

—Puede que haya miles de ellas —dijo Alfonso.

—En el frente seguramente sí, pero curiosamente la mayoría fueron repartidas a miembros de Falange —dijo Raymond.

—¿El asesino es falangista? —preguntó Alfonso.

—Puede que sí. ¿Sabes que el ejército guarda un archivo con las armas cedidas a la Falange? Figuran nombre y datos del dueño —dijo Raymond satisfecho de su trabajo.

—No puede ser.

—Sí, he acudido a los informes y tengo tres nombres —dijo el alemán extendiendo una breve lista.

Alfonso le miró sorprendido.

Lo mejor de todo es que solo uno está en Salamanca; los otros dos están en Andalucía. Su nombre es Amadeo Martín y ha pertenecido al disuelto Servicio de Información de la Falange.

—Tenemos que detenerle —dijo Alfonso poniéndose en pie.

—No, nuestro deber es entregar el informe y eso es exactamente lo que vamos a hacer.

30

El general Mola les observó de reojo mientras terminaba de leer el informe. En dos ocasiones estuvo tentado de comentar algo, pero no lo hizo. Después dejó los papeles sobre su ordenado escritorio y se quedó en silencio unos segundos.

—Según he leído, sus conclusiones son que el asesino es el mismo que mató hoy mismo al enviado del PNV, un falangista muy conocido por su cercanía a Hedilla. Pero ¿por qué iba a matar a un miembro de la Legión Cóndor y a un sacerdote?

—Las razones parecen estar relacionadas con una operación militar, señor —dijo Raymond.

—¿Una operación militar? —preguntó el general.

—Sí, la Operación Rügen —dijo Alfonso.

—¿Ha oído hablar de ella? —preguntó Raymond.

—Soy el jefe de operaciones del Frente Norte y no he escuchado nada semejante —dijo el general precipitadamente—, pero eso no es lo importante. Ahora tenemos al presunto asesino, lo detendremos y si hay algo más que dos simples asesinatos a sangre fría, nuestros hombres se lo sacarán.

—Claro general —dijo Raymond.

—Muchas gracias por sus servicios, han cumplido con su deber y serán recompensados, el caso está resuelto —dijo el general cerrando la carpeta.

—Pero el sospechoso sigue en la calle —dijo Alfonso.

—El ejército se encargará de capturarlo; su misión era simplemente averiguar la verdad. Lleva poco tiempo con nosotros, pero merece un ascenso. Con respecto a usted —se dirigió a Raymond—, le recomendaré a Sperrle para un permiso, podrá regresar a su país si así lo desea.

Los dos hombres se miraron sorprendidos. La actitud del general era demasiado halagadora.

—Pueden retirarse. Tómense un par de días libres, son jóvenes y sabrán disfrutar de la vida.

—Gracias, señor —dijo Raymond.

Abandonaron la sala y cuando caminaban por el largo pasillo, Alfonso se volvió a su compañero alemán.

—¿No te parece todo muy sospechoso?

—No, hemos descubierto al asesino y nuestra misión ha concluido.

—Ese falangista es un sicario, ¿no te das cuenta? No ha actuado por cuenta propia, alguien tiene que haberle ordenado la ejecución de sus victimas. Además, está claro que el general conoce la Operación Rügen.

—Déjalo, ya no tenemos que seguir la investigación, ¿no querías un ascenso? Pues ya lo tienes —dijo el alemán.

—¿Un ascenso? Tenemos un caso muy gordo. Si llegamos al jefe de esta conspiración me nombrarían secretario general de seguridad.

—Eres incorregible.

—No me digas que tu código ético te permite descubrir una conspiración en contra de los mandos del ejército, de la Legión Cóndor y de la jefatura del Estado y tú te limitas a mirar para otro lado.

—Los soldados cumplimos órdenes. Llevas poco tiempo para comprender que sin disciplina el ejército no puede sobrevivir.

—Disciplina sí, pero no colaboración con una supuesta trama conspirativa —dijo Alfonso.

—No tenemos ninguna prueba.

—¿No? Alguien mató a Damian porque había descubierto algo relacionado con la Operación Rügen. Después esa misma persona mató a un emisario del gobierno vasco. Las dos cosas están relacionadas.

Dalila nos dijo que…

—Es por ella, ¿verdad? Esa mujer te ha engatusado —dijo Raymond molesto.

—¿Qué? No tengo nada que ver con ella. Para que te quedes tranquilo, mañana sale para Lisboa.

Se produjo un silencio y salieron del edificio. Caminaron unos minutos sin dirigirse la palabra.

—¿Y si el general Mola estuviera implicado? Eso explicaría sus reticencias para que capturásemos al asesino —explicó Alfonso.

—Pero eso es una locura… Es el hombre más poderoso del ejército después de Franco —dijo el alemán.

—Mira —dijo sacando un papel de bolsillo.

—¿Qué es eso?

—Es la ficha del falangista. Su dirección en Salamanca. No le detendremos, simplemente le haremos una visita amigable y después nos olvidaremos de todo el asunto —dijo Alfonso sonriente.

El alemán puso los ojos en blanco. Su compañero podía ser muy testarudo cuando se lo proponía.

31

Salamanca, 17 de abril de 1937

Amadeo Martin dormía en su cuarto. Era temprano para estar acostado, pero hacía tiempo que había descubierto que el sueño era el único remedio para acallar la conciencia. Estaba seguro de lo que hacía, creía en ello con todas sus fuerzas, pero eso no le impedía sentirse culpable. El alcohol era otro buen sustituto, aunque últimamente no lograba alejar todos sus fantasmas. Desde hacía unos días tenía el presentimiento de que su buena suerte estaba a un paso de terminar.

Había conocido a José Antonio en su primer mitin en Madrid. Podía presumir de ser uno de los primeros miembros del partido. En la Falange había encontrado una familia, la que no había tenido nunca. Allí nadie se fijó en sus manos encallecidas de albañil. Era útil para la causa y el mismo José Antonio le consideraba su amigo.

Tras la muerte del líder su fe en el partido se tambaleó. La Falange era José Antonio, pero ahora estaba seguro de que por fin la causa triunfaría.

Escuchó que alguien llamaba a la puerta; algo inusual, ya que aunque pertenecía al partido, en Salamanca no se relacionaba con nadie, solo con su mando directo. Cogió su pistola y salió al pasillo con una camiseta sin mangas y los pantalones con tirantes.

—¿Quién es? —preguntó aproximándose a la puerta.

—Registro rutinario —dijo Alfonso en tono oficioso.

—¿Qué?

—Registro rutinario, abra la puerta —repitió.

—Aquí no hay nada que registrar —dijo el hombre ofuscado.

—¡Si no abre la puerta la echaremos abajo! —respondió Alfonso.

Amadeo Martín abrió. Antes de que pudiera reaccionar, dos hombres se lanzaron sobre él y le derrumbaron. Uno le cogió del brazo y le desarmó, mientras el otro le tapaba la boca.

—Está bien, solo queremos hacerte unas preguntas. Si colaboras, no ocurrirá nada —dijo Alfonso.

El hombre les miró con los ojos muy abiertos. Alfonso levantó su pistola y le golpeó con la culata dejándole inconsciente.

Unos minutos más tarde se despertó en su cama. Estaba atado de pies y de manos, le dolía la cabeza y veía todo nublado.

—¿Quiénes son ustedes? —preguntó el hombre.

—Eso ahora es lo de menos, digamos que somos tu salvoconducto a América. En unas horas comenzarán a buscarte, te detendrán y serás condenado a muerte. Nosotros te ofrecemos una nueva vida, dinero y un pasaje a Argentina. No seas tonto y escoge vivir —dijo Alfonso.

—¿Cómo sé que cuando les diga lo que quieren oír no me matarán?

—No lo sabes, pero si te coge el ejército, también morirás. Tienes que creernos.

El hombre se quedó pensativo. Aquello podía ser un farol, pero si era cierto, tenía una nueva oportunidad para rehacer su vida.

—Las preguntas son muy sencillas: ¿por qué mataste al oficial alemán y al sacerdote vasco? ¿Quién ordenó su ejecución? ¿Qué es la Operación Rügen?

El silencio se apoderó de nuevo de la habitación. Alfonso sabía que el tiempo corría en su contra, el ejército no tardaría en aparecer para detener al falangista.

—El oficial se enteró de una operación no autorizada por el Cuartel General Español y que se desconoce oficialmente en Berlín; quiso informar, pero lo hizo al mando equivocado. Mi superior me ordenó eliminarlo. Con respecto al sacerdote vasco, mi superior y los otros miembros del complot querían impedir que se llegara a un acuerdo —dijo el hombre.

—Entiendo —dijo Alfonso.

—Las órdenes vienen de Camacho, uno de los hombres más cercanos a Hedilla. Desconozco si alguien más arriba le dijo a Camacho lo que tenía que hacer, pero imagino que sí.

—¿Quién está metido en el complot y cuál es su objetivo? —preguntó Raymond.

—Sé que son miembros del ejército, algunos civiles, miembros de la Falange y del ejército alemán, pero no conozco los nombres.

Raymond soltó los brazos del hombre y Alfonso le miró sorprendido.

—¿Qué haces?

—Liberarle —dijo Raymond.

—Pero todavía no hemos terminado.

—Venga, no sabe nada más y los hombres de Mola deben estar a punto de llegar —dijo el alemán.

El hombre se agarró de las muñecas. Se puso una chaqueta y metió a toda prisa algunas cosas en una maleta pequeña. Raymond le dio algo de dinero.

—Cruza la frontera de Portugal y no mires atrás —dijo el alemán.

Por unos segundos pensó en irse él también, aquella guerra comenzaba a parecerse demasiado a la peor cara del nacionalsocialismo que había conocido en Alemania.

—Gracias.

El hombre tomó el dinero y se dirigió a la puerta, abrió y comenzó a correr escaleras abajo.

—No pensaba soltarle —dijo Alfonso—, es lo único que tenemos para demostrar que esto es mucho más que un asesinato común.

—Ya encontraremos la forma.

Unos disparos les hicieron reaccionar. Salieron del piso y bajaron las escaleras. En el suelo del portal estaba el cuerpo del falangista. Justo en la puerta varios soldados seguían apuntando al cuerpo sin vida. Raymond se acercó a él y le dio la vuelta. Los ojos abiertos de

GERNIKA

Amadeo Martín no verían nunca América, pensó mientras los cerraba con la mano.

SEGUNDA PARTE

LA CONSPIRACIÓN

32

Salamanca, 18 de abril de 1937

¡Hace dos días algunos traidores pedían mi cabeza en una bandeja de plata! ¡Aquí tengo sus viles acusaciones! —gritó Hedilla frente a los delegados del Consejo Nacional.

Un murmullo recorrió toda la sala. Algunos delegados habían llegado ese mismo día y, aunque corrían rumores de lo sucedido, todo era confusión.

—Ellos me acusan de analfabeto, de extremista, de llevar a la Falange al desastre, pero yo lo único que quiero es que las palabras de José Antonio se hagan vivas, que la revolución nacional sindicalista se ponga en marcha. La Falange es el único partido que tiene peso suficiente para levantar a España de sus cenizas. La CEDA, los monárquicos, los tradicionalistas no tienen la fuerza de la Falange, solo nosotros podemos asumir el poder de una nación dividida —dijo Hedilla fuera de sí.

Los delegados aplaudieron enfervorizados, aunque algunos se limitaron a dar un par de palmadas y se volvieron a sentar. Después de unos minutos más de discurso volvió a ocupar su lugar en la mesa y se levantó uno de los delegados.

—No creemos las palabras del autonombrado triunvirato, pero se rumorea que tienes planes secretos con Mola para formar gobierno.

Se produjo un silencio. Los delegados miraron a Hedilla, que no disimulaba su nerviosismo.

—Calumnias, pero si todos desconfiáis de mí, no continuaré al mando del partido —dijo Hedilla levantándose de la silla y dirigiéndose a la salida.

De la Serna le paró agarrándole del brazo.

—Manuel, por favor.

Hedilla le miró muy serio y volvió a su lugar.

—Bueno, ya que dudan de mi fidelidad a Franco, tengo que anunciarles que el Generalísimo me ha propuesto asumir la presidencia de las fuerzas políticas unificadas.

Los delegados le miraron sorprendidos. Nadie esperaba aquella sorprendente noticia.

—Lo hará oficial el día de la proclamación de la unificación —apuntó Hedilla.

—Entonces será mejor que se pase a la votación —dijo de la Serna.

La votación se realizó en unos papeles por escrito. Varios delegados leyeron los resultados: diez votos a favor, ocho abstenciones y cuatro votos en contra. Felipe Ximénez de Sandoval dio a conocer los resultados. Los delegados aplaudieron y se disolvió la reunión.

—No ha estado mal —dijo de la Serna a Hedilla.

—Es un desastre, no he sacado ni la mitad de los votos.

—Pero, únicamente has tenido cuatro en contra —dijo de la Serna.

—Nos ha llegado una nota del Cuartel General, Franco quiere proclamar cuanto antes la unificación —le comentó Cuesta.

—Tenemos que ir a darle la noticia a Franco —dijo de la Serna.

—Creo que podemos dejar zanjado el tema de Mola y el embajador —comentó Hedilla.

—Todavía es pronto, no podemos posicionarnos tan claramente, no sabemos quién terminará por imponerse. Nosotros debemos esperar a que simplemente se destrocen entre ellos —comentó de la Serna.

—Lo importante es el partido —dijo Hedilla sin poder disimular su alegría. Por fin había sido reconocido como líder permanente de la Falange.

Los cuatro se dirigieron a la salida. Cuesta llevaba el documento firmado por todos los delegados. Tenían que formalizar el nombramiento antes de que sus enemigos intentaran otra maniobra.

33

José Ungria comenzó a caminar de un lado al otro del despacho. Después se paró enfrente de Alfonso y Raymond. Les miró apenas a un palmo de sus caras y les dijo:

—¿Se puede saber que hacían en el mismo edificio que el sospechoso de asesinato, Amadeo Martín?

—Casualidad —dijo Alfonso.

—¿Casualidad? ¿Se cree que me chupo el dedo? El general Mola les había dicho que no se acercaran al sospechoso, su misión había terminado.

—Pero…

—Nada de peros, ustedes se excedieron, pero ya que han cumplido satisfactoriamente la misión encomendada, no abriremos un expediente sancionador. Es la última vez que les advertimos. El caso está cerrado, y más ahora que el asesino está muerto.

Los dos hombres asintieron.

—¿Les comentó algo? ¿Habló con ustedes?

Raymond hizo el intento de comenzar a hablar, pero Alfonso le cortó en seco.

—Le perseguíamos cuando unos soldados le abatieron a tiros. No nos dio tiempo a hablar con él.

—Muy bien. Tienen una semana de permiso, les recomiendo que abandonen la ciudad. No quiero verles husmeando por aquí en unos días. ¿Me he explicado, verdad? —dijo Juan Ungria.

113

—Sí, señor —contestaron a coro.

—Usted, Alfonso. Por recomendación del general Mola entrará en el SIM. Los servicios secretos son una prometedora carrera para un joven ambicioso, y se ve a lo lejos que usted lo es.

—Gracias, señor.

Unos minutos más tarde Alfonso estaba con Raymond fumando un cigarrillo en una plaza.

—¿Qué piensas de todo este asunto? —preguntó Raymond.

—Tal vez sea mejor dejar correr las cosas. No quiero terminar fusilado —dijo Alfonso.

—Me parece una de las pocas ideas sensatas que has dicho en los últimos días.

—¿Qué vas a hacer con los días de permiso? —preguntó Alfonso.

—Me gustaría ir a Alemania, pero me pasaría el permiso entre la ida y la vuelta. Me meteré en alguna pensión e intentaré descansar.

—Un buen plan —ironizó Alfonso.

—¿Y tú?

—A lo mejor acompaño a Dalila a Lisboa. Tengo que verla antes de que tome el autobús. Ha sido un placer conocerte.

—Lo mismo digo.

Alfonso arrojó el pitillo al suelo y lo aplastó con el pie. Después se despidió de su compañero con un apretón de manos y caminó despacio, silbando entre dientes una canción de antes de la guerra. Ya no se acordaba de lo que era regresar a su casa con la seguridad de que estaría vivo al día siguiente. Añoraba Santander, sus elegantes calles y su hermosa playa. Aquella maldita ciudad de Salamanca era fría, seca y aburrida. Sus piedras rojas no disimulaban el sopor de sus habitantes grises y asustadizos. La universidad estaba cerrada a cal y canto y los jóvenes estaban en el frente, decidiendo qué tipo de España era la única digna de sobrevivir. Aunque solo había una España, por mucho que se empeñaran en ver dos: la misma dama con el vestido enlutado de la derecha o la descarada túnica tricolor de la izquierda.

34

Franco estaba de muy buen humor. Su sonrisa infantil no podía disimular la satisfacción que sentía. Hacía unos meses la unificación de todos los partidos parecía una cosa impensable y ahora estaba a punto de proclamarla desde el balcón del Palacio Episcopal que había convertido en su sede oficial.

Desde comienzos de año habían llegado a la ciudad varios italianos que querían convencer a Franco de la necesidad de crear un estado al estilo fascista y que él era el líder con mano firme que necesitaban. En marzo, la llegada de Roberto Farinacci, un jerarca fascista muy importante, había influido en la decisión, aunque la idea de los italianos era restituir a la Casa de Saboya en la corona a la manera de su país. Él no había querido ni oír hablar de esa restitución. Ya habían dado suficientes problemas los Borbones como para sustituirlos por otros peores.

El italiano clave para convencer a Franco de la necesidad de un partido único y fuerte había sido Guglielmo Danzi, uno de los representantes de Ciano, el ministro de asuntos exteriores italiano. Aquella noche estaba presente en la proclamación de la unificación.

—Generalísimo —dijo uno de los secretarios—, Hedilla está llegando al palacio.

Franco se ajustó el fajín y esperó impaciente. Hedilla entró acompañado por tres de sus hombres de confianza. Uno le entregó el documento en el que se nombraba a Hedilla líder de la Falange.

—Estimado Hedilla —dijo Franco cariñoso. Después le dio un abrazo y se apartó un poco sin soltarle.

El falangista le miró sorprendido. No sabía que hacer, pero se quedó quieto a la espera del comportamiento del general. Varias personas se acercaron para darle palmaditas en el hombro y le felicitaron. Hedilla saludaba con un gesto de cabeza sin soltarse de Franco.

—Venga —dijo el general con el brazo sobre su hombro.

Se asomaron al balón del palacio y varios de los hombres más poderosos de la España nacional les siguieron.

La plaza estaba a rebosar, lo cual sorprendió a Hedilla, que unos minutos antes no había visto tanta gente en la calle. Franco saludó con la mano y después abrazó de nuevo a Hedilla, que sin mucho entusiasmo se volvió a agarrar del general. Unos segundos después estaban los dos dentro. Franco ya no sonreía.

—Estimado Hedilla, quiero felicitarle y también a su partido por la sabia decisión que han tomado. No se arrepentirán, España necesita un mensaje claro. Somos una nación, un partido y un caudillo.

—Generalísimo —acertó a decir Hedilla.

—La Falange será la directora de este coro de voces dispersa y usted me ayudará a crear ese partido fuerte que necesitamos. José Antonio estaría muy orgulloso de usted y de este gran momento para España.

El resto de miembros de la sala comenzaron a aplaudir y Franco sonrió de nuevo. Hedilla saludó con un ligero gesto y salió del despacho con sus hombres.

Serrano Súñer y Nicolás Franco se acercaron y abrazaron al general. El resto se limitó a darle la mano efusivamente. Cuando Franco se quedó a solas con Serrano y su hermano Nicolás comenzaron a discutir sobre algunos detalles del documento y del partido.

—Os dije que lo conseguiríamos —comentó Franco eufórico.

—Todavía hay que ser prudentes, la Falange sigue atravesando una grave crisis y Hedilla no es estable. Cuando se despierte de la resaca de hoy puede que nos diga que está arrepentido —dijo Nicolás.

—¿Arrepentido? Le he nombrado miembro de la junta general del partido, su posición vulnerable ha terminado y al final le hemos apoyado a él —dijo Franco.

—Sí, pero él no sabe que el poder real lo tendrás tu —comentó Serrano.

—¿Quién lo iba a tener? ¿Un mecánico metido a político? Por favor, España no es un taller. Tenemos tanta gente infiltrada en la Falange que moviendo unos hilos podemos hasta expulsarle del partido —dijo Franco.

—Los alemanes y los italianos nos están observando, su apoyo militar puede estar condicionado al rumbo que tome la Cruzada Nacional —dijo Serrano.

—No te preocupes. Los alemanes e italianos no luchan a favor de España, lo que quieren es frenar el comunismo y, mientras haya comunistas, su ayuda estará asegurada —dijo Franco.

—No está de más que los vigilemos estrechamente. Hay rumores de que algunos elementos del ejército y otros sectores planean algo —dijo Nicolás.

—Desde que comenzó la guerra he oído hablar de golpes de estado y conspiraciones, no tengo miedo a nadie —dijo Franco.

—Es mejor prevenir que curar. Un golpe de estado, aunque sea fallido, podría hundir la moral de nuestras tropas en el frente, y justo ahora que estamos a punto de reconquistar el Norte —dijo Nicolás.

—Será mejor que me acueste, Carmencita me está esperando y el día 25 me voy para Burgos. Es un fastidio tener que estar entre dos ciudades —dijo Franco.

—Felicidades de nuevo, y descansa —dijo Serrano Súñer.

Franco salió del despacho. Serrano y Nicolás se sentaron en la habitación medio en penumbra y comenzaron a fumar un par de puros.

—¿Crees que nos darán muchos problemas Hedilla y sus hombres? —preguntó Nicolás.

—Sí, ya sabes como son algunos falangistas, se creen más puros que José Antonio, pero en el fondo lo único que quieren es más poder.

—Debemos estar preparados. He ordenado a Ungria que vigile muy de cerca a los falangistas. En un momento dado es mejor fusilar a unos cuantos que poner en peligro a España.

—Estoy de acuerdo, algunos son más rojos que la Pasionaria —comentó Serrano.

Los dos se echaron a reír. Después de unos meses de tensas negociaciones la unificación había llegado a buen puerto. Ahora nada podría parar a Franco y la suerte del general era su propia suerte.

35

Tras la llegada del último oficial comenzó la reunión. Aquella granja a las afueras de la ciudad había servido para elegir a Franco como jefe único del Estado y ahora serviría para sacarlo del puesto.

—Caballeros, gracias por venir. Sé que muchos han tenido que dejar su puesto en el frente o arriesgar su vida para reunirse aquí —dijo uno de los anfitriones.

—España nos necesita —comentó uno de los generales.

—Ahora más que nunca, no podemos dejar los destinos de nuestro país, nuestra causa y la sangre de nuestros hombres en las manos de hombres ambiciosos que lo único que desean es medrar. Franco es un oportunista, siempre lo ha sido, se cree mejor que todos nosotros, pero eso va a terminar. Hemos pedido apoyo a alemanes, italianos y miembros de diferentes partidos; la mayoría han confirmado su adhesión y pronto le daremos la vuelta a todo el asunto —dijo el anfitrión.

—No podemos aguantar más la chulería del hermano y concuñado de Franco. Creen que el estado es suyo. Una vergüenza —dijo uno de los reunidos de mayor edad.

—Tenemos que traer al rey y terminar con la guerra cuanto antes. Podemos llegar a un acuerdo con ciertos elementos moderados de la República, ellos también están cansados de los comunistas.

—Eso es cierto, pero debemos actuar con cautela. El plan debe seguir su curso. Franco está ahora en la cima del poder. Tenemos que desprestigiarle ante el pueblo, la Iglesia y nuestros aliados —comentó el anfitrión.

—Pero ¿cómo? No podemos provocar una derrota para quitarle del gobierno, nuestro honor… —dijo uno de los asistentes.

—,Nuestro honor está asegurado, hay victorias que son como derrotas —dijo el anfitrión enigmático.

Todos le miraron sorprendidos, nunca una victoria había alejado a nadie del poder.

36

Salamanca, 19 de abril de 1937

Alfonso y Dalila caminaron en silencio hasta el autobús de línea. El viaje a Lisboa no era sencillo. Primero tenía que hacer escala en Oporto y desde allí viajar a la capital para tomar un barco. Caminaron por la ciudad todavía dormida y mientras esperaban al autobús entraron en un bar para tomar un café.

—En unos días tomarás verdadero café —bromeó Alfonso.

Dalila intentó sonreír, pero el cansancio y el nerviosismo de los últimos días no se lo permitían.

—No lo pienses más, en Italia podrás rehacer tu vida.

—No es eso. Vine a España casada y vuelvo viuda. Y además tú y yo…

—Lo que ha pasado no debe torturarte; estabas sola y asustada, yo nunca había conocido a alguien como tú y nos acostamos. Fue algo bonito que recordaremos el resto de nuestra vida.

—No debí hacerlo.

—Tranquila —dijo Alfonso abrazándola.

Los dos permanecieron unos minutos en esa posición, hasta que vieron aparecer el autobús al final de la calle.

—Te escribiré —dijo ella.

—Será un alivio saber que estás bien y recibir noticias tuyas. Esta guerra es demasiado larga y un poco de alegría no me vendrá mal. Me han ascendido y ahora trabajo para los servicios secretos españoles.

—¿El SIM? —preguntó extrañada Dalila.

—Sí.

—Algunos de sus miembros están metidos en el complot del que os hablé.

—No puede ser, ¿los servicios secretos también?

—Mí país tiene una lista de posibles colaboradores, gente capaz de venderse o dejarse manipular. No recuerdo todos los nombres. Tenía que haberlo destruido, pero todo ha sucedido tan rápido… En mí apartamento hay varios papeles comprometedores, la lista de personas relacionadas con los servicios secretos italianos.

—¿Recuerdas algunos nombres?

—Giménez Caballero, de la Serna, Hedilla, Montes,… Luis Bolín… Juan Pujol, Agustín de Foxa. No recuerdo más, pero había muchos.

—La mayoría son falangistas muy conocidos —dijo Alfonso.

—No lo sabía, he oído hablar de Hedilla, pero al resto les desconozco.

La gente en la calle comenzó a subir al autobús. Alfonso reaccionó y ayudó a Dalila con la maleta. Justo antes de subir, dos hombres con largas gabardinas grises se les acercaron.

—¿Señora Calesini? —preguntó uno de ellos.

Alfonso dio un paso atrás. Dalila miró confundida a los dos hombres.

—¿Sí? —dijo algo nerviosa.

—Queda detenida.

—Mi autobús sale ahora mismo —dijo la mujer.

—Tiene que acompañarnos, está acusada de espionaje.

Alfonso agarró a la mujer del brazo y tiró de ella con fuerza. Dalila perdió el equilibrio y se colocó tras el autobús. El hombre sacó una pistola y apuntó a los dos desconocidos.

—No se hagan los héroes. Quiero verles las manos. Saquen con la izquierda sus pistolas y déjenlas en el suelo —dijo Alfonso.

Los dos hombres tardaron en reaccionar; comenzaron a sacar las pistolas, pero en ese momento el autobús lanzó un pitido y Alfonso se distrajo un segundo. Comenzaron los disparos y tuvo que lanzarse al lado de Dalila.

—Cuando te diga, corre —dijo él.

Salió de detrás del autobús y comenzó a disparar. Uno de los hombres cayó herido en el suelo y el otro se refugió detrás de un coche. Alfonso y Dalila aprovecharon para correr a toda velocidad. Los disparos silbaban a su lado, pero no miraron atrás hasta estar a varias calles de distancia.

—Será mejor que vayamos a tu casa lo antes posible y recojamos esa lista. Puede ser nuestro salvoconducto. Esa gente no parará hasta matarnos.

Quince minutos más tarde estaban en el apartamento de la italiana. Estaba todo revuelto, pero a Dalila se le había ocurrido meter los papeles doblados dentro de la estufa de carbón, que estaba preparada con papel y astillas.

—Menos mal que no ha hecho frío —dijo Alfonso rescatando los papeles.

Los alisó con la mano y se fueron del apartamento.

—¿Adónde iremos?

—No tenemos muchas opciones —dijo Alfonso—. Intentaremos encontrar a Raymond, pasaremos la noche en Salamanca y después haremos que atravieses la frontera.

—Pero, ¿qué será de vosotros? ¿Por qué no te vienes conmigo? —dijo la mujer con ojos suplicantes.

—No quiero pasarme la vida huyendo… Aclararemos esto, desenmascaremos a los conspiradores y después ya veremos.

—Son gente muy poderosa, no permitirán…

—Ya pensaré en algo —le cortó Alfonso.

Llegaron a la pensión y Alfonso rezó para que su amigo se encontrara allí. Subieron hasta la segunda planta y tocaron el timbre. Esperaron un par de minutos y estaban a punto de irse cuando se escuchó una voz al otro lado.

—Un momento.

Raymond abrió la puerta con el pelo mojado; llevaba puestos los pantalones del uniforme y una camiseta blanca.

—¿Pero…?

—Hemos venido para alegrarte el día, me parecía que tu plan de encerrarte en este cuchitril una semana no era buena idea —bromeó Alfonso.

El alemán miró a la italiana sorprendido. No parecía la misma mujer. Su rostro estaba cansado y asustado.

—¿Qué ha pasado? —preguntó muy serio.

—Han intentado detener a Dalila. Al parecer los conspiradores no quieren testigos molestos.

—Pasad —dijo Raymond. Después se asomó al descansillo y miró a ambos lados antes de cerrar la puerta tras de ellos. Raymond se secó la cabeza con una toalla y se sentó en la cama junto a la mujer.

—Esto es más gordo de lo que creíamos —dijo Alfonso pasando la lista arrugada al alemán.

Él la leyó en silencio y después les dijo:

—Es increíble, hay miembros destacados del ejército, la Falange, los monárquicos, los tradicionalistas, de la embajada alemana, la Legión Cóndor y hasta las fuerzas italianas.

—Me temo que estamos ante un golpe de estado —dijo Alfonso.

—Pero, ¿qué podemos hacer nosotros? —dijo Raymond.

—Vamos a desenmascararles. No nos queda otra alternativa, ahora saben que los hemos descubierto y no pararán hasta eliminarnos —dijo Alfonso.

Los tres se miraron en silencio. La vida no es un bien muy preciado en las guerras, pero ahora las suyas no valían nada.

37

Wolfram Freiherr von Richthofen telefoneó al general y después de un rato de amistosa charla dijo:

—La Operación Rügen está en marcha.

—¿Cuántos días se necesitan para llevarla a cabo? —preguntó el general.

—Cinco, tal vez seis —contestó el alemán.

—Es demasiado tiempo. No podemos movilizar tantos hombres y medios y mantenerlo en secreto indefinidamente —se quejó el general.

—Tenemos que reunir veinticuatro aparatos. Dos Heinkel He 111S, un Dornier Do 17, dieciocho Ju 52 *Behelfsbombers,* y tres SM.79s italianos —enumeró el teniente coronel von Richthofen.

—¿Los italianos están con nosotros? —preguntó el general.

—Antes de informarles nos hemos asegurado de que son fieles a nuestra causa.

—Son demasiados elementos a la vez. Coordinarlo todo y que el Cuartel General no se entere va a ser muy difícil —dijo el general.

—Franco está muy preocupado recolocando las tropas en el Frente Norte. Pasará en Burgos varios días y las bases aéreas las controlamos nosotros —dijo el teniente coronel von Richthofen.

—Eso espero, el asunto se nos está yendo de las manos. Hay que eliminar a los dos agentes que investigaban la muerte del piloto de la Legión Cóndor y a la mujer italiana. No podemos dejar rastro.

—¿Quiere que se encarguen mis hombres? —preguntó el alemán.

—Nos encargaremos nosotros, no se preocupe. Es el momento de actuar: Franco acumula cada vez más poder, Hoy enviará el comunicado de la unificación de todos los partidos y su liderazgo político. En unos meses será imposible sacarle del poder —dijo el general.

—¿Qué haremos con su cuñado y su hermano?

—No se preocupe, sin Franco no son nadie.

—La operación será un éxito —dijo el alemán.

—Eso espero, por el bien de todos —dijo el general sin poder disimular algo de preocupación en la voz.

38

En los últimos días no dejaban de producirse noticias en el bando nacional, pero *The Times* las rechazaba todas. George Steer llevaba un par de años en el rotativo, pero echaba de menos la línea más humana de su anterior periódico, el *Yorkshire Post*. Durante la guerra en Etiopía las cosas habían sido distintas. Europa se encontraba más calmada y casi cualquier noticia tenía cabida, pero la tensión creciente en el viejo continente hacia que el mundo estuviera más atento a Alemania y todas sus reivindicaciones que a la larga guerra en España.

Steer necesitaba una noticia que devolviera la Guerra Civil a los grandes titulares de los periódicos británicos, y al parecer algo gordo estaba a punto de ocurrir.

Miró de nuevo el reloj. Su confidente llegaba tarde de nuevo, uno de los pecados capitales de los latinos. El aviador italiano era más caro que los españoles, pero tenía menos miedo a sus mandos y estaba dispuesto a contarlo todo si recibía lo que pedía.

El periodista británico no podía disimular su simpatía hacia el bando republicano, pero si no mantenía la cabeza fría e intentaba no decantarse mucho por ninguno de los dos, los nacionales le expulsarían de España. En Etiopía se había convertido en amigo del emperador Haile Selassie I, hasta el punto que era el padrino de su hijo. Además su jefe, Geoffrey Dawson, no ocultaba sus simpatías por los nacionales, a pesar de la supuesta neutralidad del periódico. Por tanto, aquella era su última oportunidad para mantener el trabajo. Si conseguía una noticia incuestionable, pero que al mismo tiempo pusiera en mal lugar a los nacionales, mataría dos pájaros de un tiro.

Cuando el oficial italiano se acercó al parque, Steer le hizo un gesto disimulado, se puso en pie y comenzaron a caminar juntos.

—Espero que la exclusiva merezca la pena, esta vez ha pedido más dinero que nunca.

—No le defraudaré —dijo el italiano.

—¿De qué se trata?

—Es algo muy gordo. Una operación importante que…

—Las operaciones militares no venden periódicos a no ser que se conviertan en una verdadera carnicería —dijo Steer escéptico.

—Esta lo será —comentó el oficial sonriente.

—¿Dónde, cómo y cuándo? —preguntó el periodista impaciente.

—No puedo darle todos los detalles ahora, pero le avisaré con tiempo suficiente para que sea el primero en cubrir la noticia —dijo el oficial.

Steer le miró enfadado.

—No pensará que le voy a pagar por adelantado por una noticia que no puede darme ahora, ¿verdad?

—Si no me paga la mitad, se enterará como el resto.

El periodista se lo pensó unos instantes. No era la primera vez que le estafaban, pero en este caso merecía la pena perder un centenar de libras y cubrir en exclusiva la noticia más importante del momento.

—Está bien, pero qué día me…

—El 26 de abril —interrumpió el otro—; apenas quedan seis días, tenga algo de paciencia.

Steer sacó su billetera y pagó al oficial italiano. Este contó el dinero con rapidez y se lo guardó debajo de la gorra.

—¿Puede adelantarme algo?

—Es la primera vez que ocurrirá en el mundo, le aseguro que venderá muchos periódicos.

El periodista se quedó pensativo. Aquellos italianos eran capaces de vender a su madre por unas libras, pero aquella vez intuía que las cosas iban a ser diferentes. Tendría los lápices afilados; nunca se sabía cuándo la noticia más importante del mundo ocurriría justo delante de tus narices.

39

Salamanca, 20 de abril de 1937

Los altos cargos de la Falange sabían que el tiempo se acababa. El decreto de unificación estaba hecho a medida del Generalísimo. Se eliminaba toda referencia a los deseos revolucionarios de Falange y Hedilla se convertía en un simple miembro ordinario de la Junta Política, perdiendo ese supuesto ansiado segundo lugar detrás de Franco.

—Esos cabrones de Serrano Súñer y Giménez Caballero son los que han redactado el texto definitivo —dijo de la Serna.

—Me ofrecen ser un miembro de la Junta. ¿Pero qué se han creído? Además, el resto de consejeros son miembros dóciles de la camarilla de Franco. Si entro en la Junta tendré las manos atadas —dijo Hedilla sin soltar el documento.

—Por lo menos uno de los nuestros estará allí dentro —comentó Dionisio Ridruejo.

—Tengo que hablar inmediatamente con Franco, esto es inadmisible —dijo Hedilla.

El grupo se puso los abrigos y salió hacia el Palacio Episcopal. En unos minutos estaban frente a la puerta del Generalísimo. Les hicieron esperar más de media hora y después solo le permitieron entrar a Hedilla.

—Generalísimo, creo que se ha cometido un error —dijo Hedilla con la voz temblorosa.

—Error, ¿qué error? —preguntó Franco sin inmutarse e intentando sonreír.

—En el decreto aparezco como simple miembro de la Junta.

—¿Y? ¿Qué problema hay?

—Soy secretario general de Falange, ¿Cómo puedo ser un miembro más de la Junta?

—Querido amigo, el nuevo partido ya tiene a su líder, a su caudillo. No podemos tener dos jefes; pero sin duda su trabajo será recompensado —dijo Franco amablemente.

—Lo lamento, pero bajo esas condiciones no acepto el nombramiento.

Franco se puso muy serio, aquel tipo era demasiado para él.

—No lo entiende, no es una oferta, es una orden —dijo Franco subiendo algo el tono de voz.

Hedilla dio un respingo. No esperaba aquella reacción de alguien que siempre había sido extremadamente afectuoso con él.

—Generalísimo, entienda que no puedo sacrificar a toda la Falange para quitar después su voz en la Junta —se explicó Hedilla.

—Hay varios falangistas en la Junta.

—Pero no los hemos elegido nosotros —dijo Hedilla.

—¿Acaso no confía en mi criterio? Yo estoy ganando la guerra, sus hombres apenas sirven para dar cuatro tiros a rojos desarmados. Tendrán que someterse a la disciplina, no acepto disensiones. Ahora márchese y no regrese hasta que acepte el cargo que le ofrezco.

El Generalísimo señaló la puerta con el dedo. Hedilla se cuadró ante Franco y salió del despacho aturdido.

—¿Qué te ha dicho? —le preguntaron sus compañeros al salir.

—Que debo aceptar la propuesta, estamos en guerra y debemos guardar la disciplina —dijo Hedilla.

Todos le miraron sorprendidos.

—Eso es inadmisible, tendremos que movilizar a los compañeros y llamar a la desobediencia civil hasta que los militares entren en razón —dijo de la Serna.

—Las cosas no pueden ir a peor, mientras Franco siga teniendo el poder —dijo Hedilla.

—No hará falta, dentro de unas semanas Franco no será el jefe del gobierno. El plan está en marcha y confío en que salga según lo previsto —dijo de la Serna justo en el momento en el que salían del palacio y se enfrentaban a una larga noche de llamadas y reuniones para averiguar con qué apoyos contaban.

40

No era fácil ocultarse en la ciudad más vigilada de España. Raymond podía contar con la ayuda de algunos amigos de la embajada, pero al final optaron por acudir a un empresario alemán, uno de los primeros en recomendar a Hitler el apoyo a la causa española, el viejo Klein.

Klein había acompañado a la comitiva de alemanes que había viajado desde Marruecos con la carta de Franco para Hitler. Había visto la actitud dudosa del Führer, pero le había animado a que apoyara a los nacionales.

El dinero había empezado a llegar gracias a la HISMA[2] y a la ROWAK[3], algunos alemanes como Klein se habían hecho ricos de la noche a la mañana. Ahora se había retirado del negocio directo, pero seguían teniendo relaciones con el entramado económico nazi.

Atravesaron el amplio jardín de la villa y llegaron hasta la suntuosa mansión estilo ingles. En el porche les recibió un mayordomo con librea

---

[2] Sociedad Hispano-Marroquí de Transportes. Una sociedad constituida en Tetuán, capital del protectorado español en Marruecos, el 31 de julio de 1936. Su verdadero dueño era el partido nazi. La sociedad era utilizada como tapadera del tráfico ilegal de armas a los nacionales. Su primera misión fue el transporte de los soldados de Franco de África a la Península. También organizaron el primer contingente alemán que llegó a la Península Ibérica.

[3] Rohstoff-Waren-Kompensation Handelsgesellschaf. Era una sociedad creada para compensar los gastos de HISMA. ROWAK exportaba a Alemania los productos españoles que pagaban los gastos en armamento. En 1937 tanto HISMA como ROWAK se integraron en una sola sociedad llamada SOFINDUS (Sociedad Financiera Industrial).

y los dejó en uno de los salones.

Unos minutos más tarde el anciano caballero entró en la sala. Alexander Klein era un hombre pequeño, de profundas arrugas y pelo blanco. Su sonrisa, siempre perenne, inquietaba a los que no lo conocían bien. Vestía un batín y caminaba con dificultad por encima del suelo alfombrado.

—Querido Raymond, ¿a qué debo el honor? ¿Quiénes son tus amigos? —preguntó mientras se comía con los ojos a Dalila.

—Necesitamos un sitio donde pasar la noche —dijo Raymond sin más rodeos.

—¿Ya no perteneces a la Legión Cóndor? —preguntó Klein.

—Sí, pero estoy de permiso. Este es mi amigo Alfonso Ros y Dalila…

—Rossi —dijo la mujer extendiendo la mano.

El anciano cogió la mano y la besó. Después saludó a Alfonso.

—Esta es su casa; así por lo menos acompañarán a este pobre viejo en su retiro solitario —dijo el anciano.

Les ofreció asiento en los cómodos sillones. Tenía la chimenea encendida y los chasquidos de la madera producían un efecto relajante en todos.

—Mis pobres huesos… —dijo el hombre acercando las manos a la lumbre—. Combatí con el ejército del káiser en el frente ruso. Casi me tienen que amputar los dedos de la mano por el frío. Espero que una nueva guerra dé su merecido a esas bestias rojas. ¿Han cenado?

—No, apenas hemos comido algo hoy —dijo Raymond.

—Yo con mis peroratas de la Gran Guerra y ustedes famélicos. Imperdonable —dijo el anciano apretando un botón.

El mayordomo apareció de repente y el anciano le ordenó que preparara un tentempié para sus invitados.

—La cena estará lista enseguida, señor —contestó el mayordomo.

Unos quince minutos más tarde todos estaban sentados a la mesa. En el centro dos enormes candelabros creaban un ambiente íntimo, casi familiar. Alfonso no terminaba de relajarse, pero Dalila parecía más encantadora que nunca. El anciano había vivido en Italia y ese tema era el centro de la conversación.

—Echo de menos Roma y Venecia. ¿De dónde es usted? —preguntó el anciano.

—De Milán —contestó la mujer.

—Una bella ciudad. Además, una de las más modernas de Italia —dijo el anciano.

—¿Ya está jubilado? —preguntó Raymond.

—Eso me gustaría a mí, pero tengo cinco hijos y dos ex mujeres. Esas sanguijuelas no me dejan vivir. Por eso no he regresado a Alemania.

—Será mejor que durmamos un poco, mañana hay que levantarse temprano —dijo Alfonso.

—Yo también me retiro. Estoy agotado —dijo el anciano.

El anciano se levantó y los dejó a solas. Alfonso se relajó por fin. Se levantaron de la mesa y Dalila se retiró a su cuarto. Raymond y Alfonso se acercaron a la chimenea, donde el fuego comenzaba a menguar.

—¿Podemos fiarnos de tu amigo? —preguntó Alfonso.

—No tenemos muchas opciones. Le conozco desde que llegué a España. Viajamos a Marruecos para coordinar el paso de los legionarios a la Península. Es un miembro del partido, pero su principal ideología es el marco alemán.

—Entiendo —dijo Alfonso.

—¿Cómo vamos a desenmarañar todo este asunto? —preguntó Raymond.

—Necesito tener la mente despejada. Lo principal es descubrir en qué consiste la operación, quién está de verdad implicado e intentar ver directamente a Franco. No podemos fiarnos de ninguno de sus colaboradores.

—Eso no será fácil, el Generalísimo no recibe a cualquiera —dijo Raymond.

—Bueno, ya nos ocuparemos de eso cuando corresponda. Ahora es mejor descansar y mañana daremos el primer paso. Tenemos que contactar con miembros de la Legión Cóndor que sepan algo sobre la operación. Yo haré lo mismo con algunos amigos del Cuartel General.

—Me parece bien— dijo Raymond bostezando.

Los dos hombres subieron a la planta superior y se despidieron en el pasillo. El anciano les vio a través de la puerta entornada de su habitación; después se quitó el batín y se acostó en la cama.

41

L a visita de Hedilla le había soliviantado. Aquel maldito falangista se creía con el derecho de poner en duda sus decisiones, pero lo que realmente no podía soportar era la injerencia de algunos embajadores en los asuntos de España.

Se apretó el batín y comenzó a redactar la carta. Unos segundos más tarde su hermano entraba por la puerta.

—Paco, ¿qué sucede? —preguntó Nicolás Franco nervioso.

—Ese maldito embajador Wilhelm von Feupel... Nuestro servicio secreto ha descubierto nuevas cartas y conversaciones telefónicas con Alemania en las que me critica abiertamente y pide que nos corten el apoyo militar. ¿Te imaginas en qué situación estaríamos sin las armas de Hitler?

—Ya sabes que desde un principio ha sido contrario a un gobierno de militares; él está más cerca de las ideas de Falange —contestó Nicolás.

—No podemos permitir que nos falte al respeto ni que nos desprestigie con nuestros aliados. Nos costó mucho recibir su ayuda. Mola lo había intentado y otros civiles y militares también, pero al final fue gracias a mi insistencia. Creo que a veces a los españoles se les olvida todo lo que hago por ellos —dijo Franco decepcionado.

—A los españoles no, Paco, a esos que te envidian y desearían ocupar tu puesto. Esos son los verdaderos enemigos de España —dijo Nicolás.

—Por eso me temo que ese embajador esté planeando algo contra nosotros, y ha llegado la hora de cortarle las alas.

Franco terminó la carta y se la pasó a su hermano.

—¿Qué te parece?

—Algo dura, pero respetuosa con Hitler. Estoy convencido de que aceptará tu petición —dijo Nicolás.

—Pues la mandaré esta misma noche. En un par de días estará en Berlín.

—Estupendo —dijo Nicolás tomando la carta y guardándola en un sobre.

—No estaba seguro de que llegásemos tan lejos, ya sabes las dudas que tenía con respecto al golpe. Sanjurjo era un chapucero; quiso hacer el golpe casi sin financiación, sin la seguridad de que Alemania e Italia nos fueran a apoyar…

—Bueno, al fin y al cabo su idea era un golpe rápido y un cambio de manos del poder, no una guerra. Tenía el apoyo de Juan de la Cierva, Luis Bolín, Luca de Tena o Juan March —dijo Nicolás.

Franco le miró de reojo. No le gustaba que le interrumpieran mientras hablaba y mucho menos que le contradijesen.

—Un buen plan consiste en prever todas las circunstancias posibles. Sanjurjo no lo hizo —dijo Franco.

—Eso es cierto —comentó Nicolás.

—Eso sí, bien que corrió para ver al borboncito, el príncipe don Javier de Borbón y Parma, como si un príncipe fuera a solucionar algo —dijo Franco.

—Sanjurjo era muy monárquico.

—Eso es verdad. Y todavía tenemos muchos de esos entre nuestras filas. Afortunadamente, Sanjurjo pasó a mejor vida —dijo Franco.

Nicolás sonrió y jugueteó con la carta en las manos. La oportuna muerte de Sanjurjo había descabezado el golpe y Mola no había sabido tomar las riendas. Por fortuna, su hermano poseía el ejército más potente y la Legión, además de la ayuda de los alemanes.

—Si Mola hubiera organizado mejor el golpe, España estaría libre de tanto sufrimiento —dijo Nicolás.

—Solo el fuego purifica, hermano. En el caso de que el golpe hubiera triunfado, en un par de años nos hubiéramos encontrado en una situación parecida o peor. España está llena de comunistas, masones y libertinos, la única manera de terminar con esa peste es exterminarla —dijo Franco.

—Cierto.

—Mira lo que le pasó al pobre Miguel Primo de Rivera. Levantó España y después fue despreciado como un perro y enviado al exilio. De esa manera pagan los reyes a sus lacayos —dijo Franco con desprecio.

—Será mejor que descansemos, mañana tienes que viajar a Burgos —dijo Nicolás.

—Lo intentaré, pero no puedo descansar en vísperas de una batalla. Se me agolpan las ideas en la cabeza. Puede que retrase el viaje. Las cosas están demasiado revueltas en Salamanca —dijo Franco.

—Como prefieras —dijo Nicolás posando una mano sobre el hombro de su hermano.

Franco se puso en pie y salió del despacho junto a Nicolás. Caminaron juntos parte del pasillo, hasta la puerta de la habitación de los Franco. Después él se introdujo con cuidado en la habitación; Carmencita dormía a pierna suelta. Se quitó las zapatillas y el batín, se introdujo en la cama y con las manos en la nuca comenzó a recordar sus años en la academia militar y en Marruecos. Durante aquella etapa de su vida había sido feliz. Cada día podía ser el último. Estaban construyendo un nuevo imperio para España y él se sentía como el Cid, el Gran Capitán o Colón, todos esos hombres que habían hecho de España el mayor imperio sobre la faz de la tierra. Ese era el país que quería, una nación que se levantara de sus cenizas para conseguir grandes cosas. Ahora lo tenía al alcance de la mano y, por alguna razón, la Providencia lo había elegido precisamente a él. El general más joven de Europa, el joven militar del que todos se reían en la academia, el gallego pequeño y delgado por el que nadie apostaba un real. Una sensación de satisfacción inundó su mente somnolienta y empezó a notar el sopor. Sonrió unos instantes mientras comenzaba a soñar de nuevo.

42

Salamanca, 21 de abril de 1937

Puedes estar seguro de que negarte a ocupar el cargo es como firmar tu sentencia de muerte —dijo de la Serna.

—Si tengo que morir por España, no dudaré en hacerlo —dijo Hedilla.

—La cuestión no es morir o no morir, es ganar tiempo. Si todo sale bien, en unas semanas la Falange podría ser la única fuerza que gobierne España. Quedan cinco días para la operación. ¿Qué te cuesta ceder ahora? —preguntó de la Serna enfadado.

—Es una cuestión de honor. No puedo aceptar algo que repugno —contestó Hedilla sin poder disimular la tensión de las últimas horas.

—Entonces, al menos acepta las ofertas del embajador italiano o del embajador alemán. Puedes salir de España y dentro de unas semanas regresar —dijo de la Serna.

—¿Abandonar España en plena guerra? ¿Dejar a mis camaradas mientras luchan y mueren contra los rojos? —dijo Hedilla indignado.

—Los generales tienen que refugiarse en la retaguardia para ganar las batallas —dijo de la Serna perdiendo la paciencia.

—Si tan preocupados están los embajadores, no entiendo por qué no dicen a sus gobiernos lo que está sucediendo. Franco no es un líder fascista, es simplemente un oportunista, beato y que quiere convertir España en un cuartel.

—Todos disimulan; según el comunicado, Queipo y Mola están de acuerdo, pero los dos sabemos que no es así. Tenemos que ser más astutos que Serrano, Nicolás y el propio Franco —dijo de la Serna.

—Hace un par de días aparecí apoyando a Franco. Fue una trampa, pero todo el mundo creyó que estábamos de acuerdo con la unificación. Si nos oponemos ahora, todos los miembros del partido que apoyan a Franco se nos echarán encima. Nos meterán en la cárcel y tirarán la llave. Guardaremos silencio por ahora —determinó Hedilla.

Mientras el Consejo Nacional de la Falange esperaba que las cosas cambiaran, desde todas partes de España seguían llegando cartas de adhesión a Franco. La unificación había sido un éxito.

43

El soldado se apeó de la moto y caminó despacio cerca de la Cancillería. Llevaba un día de viaje en avión y únicamente pensaba en el permiso que tendría al regresar a España. No sentía las manos y la cara parecía acolchada bajo aquel frío casi invernal. Ya comenzaba a anochecer y tenía que entregar la carta antes de que los edificios oficiales comenzaran a cerrar. Cruzó la calle, pero antes de que pudiera llegar a la Cancillería dos hombres se le acercaron.

—Somos del SIM. Por favor, entréguenos la carta —dijo uno de ellos en español, aunque su acento le delataba.

—¿Qué? —preguntó el correo sorprendido. Se llevó la mano a la pistolera, pero uno de los hombres le hincó un largo cuchillo en el costado, lo sacó y volvió a introducirlo.

Un coche entró en la calle y los dos hombres cogieron al mensajero en vilo y lo introdujeron rápidamente. Mientras uno registraba la cartera el otro terminó de rematarlo. Media hora más tarde, en un bosque cercano a Berlín, lanzaron el cuerpo al río y se pusieron camino de la sede de las SS.

44

La noche había sido muy corta, se habían acostado tarde y la tensión no les había dejado descansar mucho. Uno a uno fueron bajando al gran salón de la casa. Su anfitrión se encontraba sentado con el desayuno recién hecho. En la mesa había zumo de naranja, tostadas de pan, todo tipo de embutidos y queso. Alfonso, Raymond y Dalila miraron sorprendidos los manjares que tenían delante. Muchos de ellos no los habían visto en el último año.

—¿Quieren café? —preguntó el anciano. Su aspecto a la luz del día era menos decrepito. Vestía con un traje cruzado y en la solapa mostraba una pequeña esvástica.

—Muy amable —dijo Raymond mirando los alimentos—. No como así desde que llegué de Alemania.

—Ser uno de los proveedores de alimentos del bando nacional tiene sus ventajas —comentó el anciano sonriente.

—Señor Klein —dijo Dalila—, es usted muy amable.

El anciano sonrió marcando aún más sus profundas arrugas. La mujer se sintió algo incómoda y optó por beber algo de café.

—¿Qué harán esta mañana? —preguntó el anciano.

—Tenemos que visitar a un par de amigos, necesitamos contrastar una información —dijo Raymond.

—Pensaba que estaba de permiso —dijo el anciano.

—Ya sabe que la policía militar nunca descansa —bromeó Raymond.

Alfonso permanecía callado, con la vista clavada en el alemán. Había algo en él que no le terminaba de gustar.

—¿Usted se marchará con ellos? Si lo desea puede quedarse en la casa. Tengo una biblioteca muy amplia, por si se aburre con este pobre viejo.

La mujer intentó sonreír, pero no logró hacerlo del todo.

—Quédese, Dalila —dijo Raymond.

Alfonso frunció el ceño, pero al final la mujer afirmó con la cabeza.

—Será mejor que me quede —dijo Dalila.

—Puedes venir con nosotros si lo deseas —dijo Alfonso.

—No, me quedo. Estoy algo cansada, me echaré un poco.

El grupo se dividió. Raymond y Alfonso salieron en busca de sus contactos mientras Dalila regresaba a la cama. Mientras se cambiaba en su cuarto, el anciano se acercó a la habitación más próxima y observó por una mirilla disimulada cómo la mujer se desnudaba. Dalila se quedó en ropa interior, se quitó el ligero y las medias y se metió en la cama. Un escalofrío le recorrió la espalda al contacto con las sábanas de seda frías, pero enseguida entró en calor.

45

Salamanca, 21 de abril de 1937

¿Quién mató al sacerdote? —preguntó Franco.

—Al parecer fue un falangista —dijo Nicolás.

—¿Un falangista? Esto es increíble. ¡Hasta cuándo esos insubordinados me darán problemas! ¿Le han detenido? —preguntó Franco.

—Está muerto, varios soldados le abatieron —dijo Nicolás.

—Teníamos que haberle cogido con vida. Ahora no sabremos quién le envió y por qué mató al sacerdote —dijo Franco.

—Está claro que hay alguien interesado en que no lleguemos a un acuerdo con los vascos —dijo Serrano Súñer, que hasta ese momento había estado en silencio.

—¿Quién podría estar en contra de un acuerdo? —preguntó Nicolás.

—La toma de Madrid fracasó —dijo Serrano.

Franco le miró de reojo, no le gustaba que hablaran de la toma de la ciudad. Sin duda podía haber puesto más empeño en conquistar la capital, pero el gobierno ya estaba en Valencia, los rojos se habían reorganizado y tenían armamento ruso. Detenerse en la capital hubiera supuesto varias semanas, la pérdida de muchos hombres para capturar una ciudad con un gran peso simbólico, pero con poca importancia estratégica. En cambio, el Norte era fundamental para la llegada de material, para conseguir las mejores fábricas de armas, el acero y el hierro que necesitaban para ganar la guerra.

—Madrid no era mi prioridad y no tengo miedo a una guerra larga —dijo Franco.

—No, lo que quiero decir es que una guerra larga podría desanimar a la tropa; que Alemania e Italia se cansaran de ayudarnos y que el resto de Europa termine por entrar en guerra. Muchos desean que el Norte no caiga tan pronto y ponernos en problemas —dijo Serrano.

—Cierto —dijo Nicolás.

—La guerra terminará pronto. El Norte se rendirá y el pánico recorrerá Cataluña, Valencia y los pocos bastiones que les quedan a los rojos. Todos huirán como ratas, pero ahora debemos concentrarnos en las Vascongadas —dijo Franco.

—La orografía es complicada. Si llegamos a un acuerdo… —dijo Nicolás.

—Pero los vascos insisten en la autonomía. Eso es inadmisible, hay que apretarles un poco más las tuercas —dijo Franco.

—Aun así podemos pedir que nos envíen a otro negociador —dijo Nicolás.

—No, eso les hará pensar que queremos llegar a un acuerdo rápido. Contactaremos con el cardenal Pacelli para que por medio del papa Pío XII se haga llegar una nota a la Iglesia Vasca. Ellos ya enviarán un nuevo negociador —dijo Serrano.

—¿Qué le diremos sobre el sacerdote vasco fallecido? —preguntó Nicolás.

—Diremos que lo ha matado un loco, pero que ya ha sido capturado y ejecutado —dijo Serrano.

—No me gustan esos curas rojos —comentó Franco.

—Pero son la llave para reconquistar las Vascongadas rápidamente y sin mucho derramamiento de sangre. Si los vascos se rinden y no se comenten muchas atrocidades, los catalanes y valencianos traicionarán a la República —dijo Serrano.

—Eso espero —dijo Franco serio. Él era un militar y las intrigas políticas le parecían lo más bajo y ruin que el hombre había creado. Cuando él gobernara toda España, los políticos deberían dejar paso a los funcionarios. Una España en orden, eso es lo que la gente de bien esperaba de él.

—¿Cómo va lo de Hedilla? —preguntó Franco.

—Sigue empeñado en que le nombremos secretario del nuevo partido —dijo Serrano.

—Ofrecedle la presidencia del Consejo; será un cargo más bien simbólico, pero eso le callará la boca —dijo Franco—. Dentro de unos meses, cuando hayamos ganado la guerra, ya veremos qué hacemos con esos rojos vestidos de azul —dijo Franco mientras comenzaba a revisar de nuevo los mapas del Frente Norte.

46

Las oficinas centrales de la Legión Cóndor se encontraban en Burgos, pero en Salamanca había algunas dependencias relacionadas con la renovación de piezas y suministros. Raymond había trabajado algunos meses en las oficinas, justo cuando la Legión Cóndor estaba comenzando a organizarse.

En contra de lo que se pensaba, la Legión Cóndor estaba compuesta por miembros de diferentes cuerpos y disciplinas. Había especialistas en armas antiaéreas, pilotos, mecánicos, pero también unidades de cuerpos de tierra y especialistas de la Marina de Guerra. El contingente ascendía a unos 6.500 hombres.

Al principios de 1937 había llegado el primer contingente alemán, compuesto en su mayoría por instructores. Los primeros meses los escuadrones aéreos eran mixtos, con algunos miembros españoles, pero poco a poco se fueron cubriendo todos los puestos por alemanes. Raymond había sido de los primeros en llegar, incluso antes de que los alemanes enviaran oficialmente a la Legión Cóndor.

La Legión Cóndor estaba esparcida por todo el territorio nacional. Había algunas unidades en el aeródromo de San Fernando en Salamanca y en el aeródromo de la Virgen del Caminito en León, y otros en Ávila, Toledo, Vitoria, Sevilla, Melilla y Cáceres. En las últimas semanas un gran número de aviones se había concentrado en los aeródromos de Burgos y Vitoria.

Alfonso y Raymond entraron sin dificultades en el edificio de la Legión Cóndor. Salamanca era una ciudad demasiado pequeña para pasar desapercibidos, pero, afortunadamente, en aquellos días miles de forasteros de todos los tipos llegaban a la ciudad en busca de fortuna.

Entraron en las oficinas y Raymond preguntó a un soldado por el capitán Kluencer. El soldado se limitó a señalar al fondo de la amplia estancia. Una vez allí, Raymond llamó a la puerta de un despacho y entró.

—Capitán Kluencer —dijo al ver al oficial sentado en la mesa.

—Raymond, qué sorpresa.

Los dos hombres entraron y el capitán les ofreció asiento.

—No sabía que estabas en la ciudad —comentó Kluencer.

—Me han encargado una misión especial, por eso estoy aquí —dijo Raymond sin entrar en más detalles.

—Entiendo.

—Por eso necesitamos tu ayuda. Este es el oficial Alfonso Ros. Investigamos la muerte de un miembro de la Legión —dijo Raymond.

—Había oído algo, un joven que estaba en Salamanca. A los pocos días murió unos de sus compañeros por una avería en su avión —comentó Kluencer.

Alfonso y Raymond se miraron sorprendidos. Nadie les había hablado del accidente.

—El caso es que nuestras investigaciones nos han llevado hasta una misteriosa operación que puede tener relación con el crimen, pero no logramos saber de qué operación se trata —dijo Raymond.

—¿Una operación militar?

—Eso creemos —comentó Raymond.

—¿Cómo se llama?

—Operación Rügen —dijo Alfonso.

El capitán Kluencer se quedó callado un momento. Los dos hombres le miraron fijamente, como si intentaran escudriñar su silencio. Después se levantó de la mesa y comenzó a despedirles con evasivas.

—Estoy francamente ocupado, creo que no puedo ayudarles —dijo el capitán Kluencer.

—Pero, capitán… —intentó interrumpir Raymond.

—No puedo comentar operaciones secretas —dijo el oficial alemán.

—Creemos que esa operación puede no estar autorizada por Berlín y que su fin es político —explicó Alfonso.

—Soy un soldado y cumplo órdenes, no me dedico a cuestionarlas —dijo Kluencer.

Raymond se puso furioso. Se acercó al oficial y le agarró de las solapas.

—¡Maldito seas! ¡Si sigues creyendo en todo lo que juraste, en el Führer y en el triunfo del Nacionalsocialismo, responde!

El oficial se puso pálido e intentó separarse de Raymond, pero este le sujetaba con fuerza. Alfonso cerró la puerta del despacho y vigiló que nadie se acercara.

—Hay un complot y tú formas parte de él si no nos dices ahora mismo en qué consiste —le amenazó Raymond zarandeando al oficial.

—Está bien —dijo Kluencer.

Raymond soltó al hombre y este se alisó el traje.

—La Operación Rügen tendrá lugar el día 26 —comenzó a contar el oficial mientras los dos hombres le escuchaban con la sensación de que lo que iban a oír les iba a cambiar la vida para siempre.

47

Cuando Dalila despertó, el anciano ya estaba encima de ella. Intentó empujarlo con las piernas, pero él se aferraba como una sabandija. Intentó gritar, pero fue inútil. El hombre la cogió por las muñecas y empezó a besarla. Ella apartaba la cara a un lado y al otro con furia, pero al final el rostro del hombre se aplastó contra el suyo. La reacción de Dalila fue morder los labios del viejo y este la soltó al instante pegando un bramido. Ella aprovechó para saltar de la cama y dirigirse a la puerta, pero antes de que llegara el viejo se interpuso en su camino.

—No sea tonta, sé lo que necesita. Soy un hombre inmensamente rico, no me queda mucho tiempo y puede heredar una buena fortuna. Mis otras ex mujeres tendrán que conformarse con lo que sobre —dijo el viejo con la mano sobre su labio sangrante.

La mujer le miró sin saber qué hacer, paralizada por el miedo. ¿Qué pasaría si Alfonso no volvía? ¿Qué sería de ella? Sin duda aquel hombre la entregaría a las autoridades y la fusilarían por proporcionar información privilegiada.

—Piénselo bien, es mejor tenerme de amigo que de enemigo. Denunciaré a Raymond y a ese Alfonso, ¿quiere que los detengan? Ya sabe cuál es la pena por alta traición.

La mujer bajó los hombros. Toda su vida había sido igual. Depender de hombres que la deseaban pero que la trataban como un objeto. Primero su padre, que la vendió como una mercancía al mejor postor y después su marido, que únicamente pensaba en su carrera y lo único que buscaba de ella era su bello cuerpo. La esterilidad había sido la última desgracia. Ahora tenía que volver a someterse.

El hombre se acercó ante la pasividad de la mujer y comenzó a desnudarla. Ella permaneció quieta, como una bella figura griega, con la mente en otro lugar, dispuesta a sacrificarse de nuevo. Pensó en Alfonso y en sus promesas. Sabía que eran solo eso, promesas, pero quiso pensar que por una vez alguien la había amado de verdad.

48

El oficial se desabotonó el cuello de la chaqueta, sacó un cigarrillo y comenzó a fumar. Después miró a los dos hombres y comenzó a hablarles con desgana.

—La Operación Rügen es una misión secreta. Consiste en un ataque a un objetivo prefijado, para causarle el mayor daño posible.

—¿Un objetivo? ¿Qué clase de objetivo? —pregunto Alfonso.

—Un objetivo civil. La Luftwaffe quiere probar la efectividad de un bombardeo a gran escala en una población civil —dijo el oficial.

—¿Una matanza indiscriminada de civiles? —preguntó indignado Raymond.

—Exacto —dijo el oficial con indiferencia.

—¿Quién ha ordenado la operación? —preguntó Raymond.

—No lo sé, yo he recibido órdenes del general Wolfram von Richthofen. Llevamos haciendo ensayos durante todo este mes. Primero atacamos el día 9 la zona industrial de Bilbao. Ayer se bombardeó Durango, pero superficialmente. En la operación colaboraron aviones italianos y alemanes —dijo el oficial.

—¿Cuál es el objetivo del día 26? —preguntó Alfonso.

—Se mantiene en secreto, se comunicará ese mismo día. El Alto Mando no quiere que se filtre la noticia —dijo el oficial.

—Pero alguien lo sabrá —dijo Raymond.

—Imagino que el general von Richthofen y Hugo Sperrle. Desconozco si lo sabe algún mando español; hasta ahora hemos actuado de una manera casi autónoma.

—Pero, ¿por qué matar a un oficial de la Legión Cóndor? ¿Qué tiene esa misión de especial? —preguntó Raymond.

Los tres hombres se quedaron en silencio. La Operación Rügen continuaba en marcha y sería muy difícil que alguien lograra pararla.

49

Salamanca, 21 de abril de 1937

Era una locura intentar entrevistarse con el general Wolfram von Richthofen, pero tenían que intentarlo. Dejaron el edificio y se dirigieron directamente a la residencia del general en Salamanca, aunque la mayor parte de su tiempo lo pasaba en Burgos. Todavía era temprano, pero debían darse prisa.

El general se encontraba en el salón de la casa. Su mirada fría no disimulaba el fastidio de encontrarse precisamente en España. Había llegado en enero y se había topado con un grupo de voluntarios indisciplinados que habían llegado al país por intereses económicos o con la fanática idea de convertirla al nazismo. Él era un militar profesional, no tenía nada que ver con la última hornada de miembros del partido que entraban en el ejército creyendo que podían hacer lo que querían sin dar cuentas a nadie. De sus años de lucha en la Gran Guerra le quedaba algo de metralla en una pierna, varias medallas y la sensación de que el heroísmo tiene más que ver con el miedo que con el valor. Apuró la copa de brandy, una de las pocas cosas que apreciaba de los ingleses, e intentó olvidarse de las preocupaciones del día.

Su asistente entró en el salón y le acercó una nota. El general la miró y después le dijo al asistente:

—Déjelos pasar.

Los dos hombres entraron en el salón y se quedaron en pie frente al general.

—No es normal que reciba en mi casa, pero creo que son los investigadores encargados de la muerte del joven aviador —dijo el general.

—Sí, señor —dijo Raymond.

—Si no estoy mal informado, el asesino fue capturado y abatido. El caso está resuelto. Lo que no entiendo es por qué siguen investigando —comentó el general.

—Hay varios cabos sueltos —dijo Alfonso.

El general entendía perfectamente español, pero le costaba hablarlo. Comentó algo en alemán y Raymond se lo tradujo a Alfonso.

—El general dice que el único cabo suelto es obedecer o no obedecer las órdenes —dijo Raymond.

—Creemos que el asesinato ocurrió porque el oficial descubrió más de lo que debía acerca de una operación militar.

El general se incorporó un poco en la silla, miró fijamente a los hombres y se puso en pie.

—¿Qué operación? —preguntó acercándose a ellos.

—La Operación Rügen —dijo Raymond.

—¿Qué saben ustedes de esa operación? Es máximo secreto —dijo el general enfadado.

—Al parecer, alguien quiere utilizarla para fines no estrictamente militares —dijo Alfonso.

—¿Una conspiración? ¿Se refieren a eso? —preguntó el general con su fuerte acento.

—No lo sabemos, pero puede que así sea. Al parecer ha muerto otro oficial en extrañas circunstancias y parece que le mató el mismo hombre —dijo Raymond.

—Eso son conjeturas. El caso está cerrado y les aconsejo que lo dejen correr, en muchas ocasiones la verdad es demasiado peligrosa —dijo el general amenazante.

—El Führer debería saberlo —dijo Raymond.

—Somos los ojos y las manos del Führer, él confía plenamente en nosotros —dijo el general.

—Pero el complot… —insistió Raymond.

—¡No hay tal complot! —gritó el general. Se acercó a una campanilla y llamó al asistente, que al instante apareció por la puerta.

—Thomas, acompañe a estos hombres a la salida —le dijo el general.

—Pero, señor… —dijo Raymond.

—Caballeros, será mejor que se vayan antes de que les monte un consejo de guerra. Es mi última advertencia.

Salieron cabizbajos del salón. Estaban muy cerca de la verdad, pero a medida que se aproximaban a ella eran más los obstáculos que se les oponían.

50

Cuando Alfonso y Raymond regresaron a la casa del señor Klein notaron la extraña actitud de Dalila. Cenaron en silencio y el señor Klein se retiró muy pronto, dejando a los tres solos en uno de los salones.

Observaban el fuego de la chimenea sin decir nada, pero al final Dalila se acercó a Alfonso y puso una mano sobre su hombro.

—He decido quedarme una temporada en la casa. De esa manera no os estorbaré. El señor Klein me ha ofrecido protección y en mi situación no puedo despreciar esa oferta —dijo Dalila.

Alfonso la miró sorprendido. No la conocía lo suficiente, pero la italiana cada vez se parecía menos a la mujer segura y fuerte que había conocido. No hizo ningún comentario, se limitó a dejar la mirada perdida.

—Me parece bien —dijo Raymond—, no queremos que peligre tu seguridad, ya te has arriesgado demasiado.

Dalila sonrió al alemán y soltó el hombro de Alfonso.

—Muchas gracias, Raymond —dijo

—¿Estás segura de lo que haces? —preguntó bruscamente Alfonso.

Ella bajó la mirada.

—Muchas veces es mejor coger la opción más arriesgada —dijo Alfonso.

—Las mujeres no podemos escoger nuestro destino como los hombres —dijo alejándose del salón.

Mientras subía las escaleras sentía que le dolía el alma. Una gran tristeza la envolvió y se imaginó al viejo esperándola en la cama. Le entró una arcada, pero logró resistirse y llegar hasta la puerta. Llamó y después entró sin esperar contestación. El viejo la esperaba con una sonrisa en los labios.

51

George Steer logró ponerse en contacto con su jefe, Geoffrey Dawson, después de varios intentos. La mayoría de las veces tenía que ir hasta Portugal para encontrar una línea telefónica abierta. La guerra había destrozado el sistema de comunicaciones en España. Steer odiaba hablar con Dawson, pero necesitaba la máxima cobertura para cuando se produjera la noticia.

—Sr. Dawson, soy Steer. Por fin logro contactar con usted.

—Dígame, Steer —dijo el jefe, indiferente.

—Las cosas siguen igual en España, el ejército de Franco avanza pero muy lentamente, se espera una gran operación en el Norte. No tengo todos los detalles todavía, pero mis informadores dicen que puede tratarse de la noticia más importante desde que comenzó la guerra —dijo Steer emocionado.

—¿De veras? —contestó el jefe—, nos está costando un ojo de la cara mantenerle en España, ¿sabe lo que pagamos a las autoridades nacionales? El gobierno de Franco no está muy contento con sus crónicas, por eso será mejor que las modere o vendrá en el primer avión que salga de Lisboa para Londres. ¿Lo ha comprendido?

Steer respiró hondo antes de responder. La paciencia no era su mayor virtud, pero no iba a perder la oportunidad del siglo por el simple placer de mandar a paseo a su jefe.

—De acuerdo, haré lo que pueda.

—Hará lo que se le manda —dijo el jefe bruscamente.

—Será mejor que corte, no quiero ocasionarle más gastos al periódico —dijo sarcásticamente Steer.

—Intente no dar problemas, es el único corresponsal de un medio importante inglés que está en el bando nacional.

—Lo intentaré —dijo Steer colgando el teléfono.

Se alejó de la cabina y se sentó al sol en una de las terrazas de la ciudad. A unos kilómetros la guerra destruía todo a su paso, pero allí parecía que el tiempo se había detenido. Los turistas caminaban relajados por el puerto o hacían algunas fotografías a los bellos edificios de la ciudad. Parecía como si el mundo ignorase el sufrimiento por el que estaba atravesando España.

52

Salamanca, 22 de abril de 1937

Aquella mañana no paraba de llover. El cielo había amanecido muy encapotado y gris, y el viento había traído una lluvia espesa y pesada que apenas dejaba ver a unos metros de distancia. Era un buen día para no ser visto, pero muy malo para seguir a alguien. Alfonso y Raymond estaban sentados en uno de los coches oficiales. Todavía no se había dictado ningún tipo de orden contra ellos y seguían gozando del caótico sistema burocrático español.

El general Mola salió del edificio y se dirigió con sus escoltas al coche que les esperaba en la puerta. Después arrancaron y salieron a gran velocidad. Alfonso puso en marcha el coche y se situó a una distancia prudente.

—¿Tú crees que servirá de algo seguir al general? —preguntó Raymond.

—Eso espero.

—No sabemos a ciencia cierta que el general esté involucrado.

—Es uno de los candidatos más lógico. Además, junto a Vigón es el contacto con la Legión Cóndor y el jefe de operaciones en el Frente Norte, es imposible que se haga nada sin su consentimiento —dijo Alfonso.

—Lo que no entiendo es por qué el asesino era falangista. ¿Qué tiene que ver la Falange en todo esto? —preguntó Raymond.

—¿No lees los periódicos? Hace unos días el Generalísimo obligó a los partidos a unificarse en uno solo. Al parecer esto no le ha gustado mucho a nadie, y menos aún a los propios falangistas y a los carlistas. El otro día hubo tiroteos entre falangistas en la misma Salamanca —dijo Alfonso.

—No sabía nada —contestó sorprendido Raymond.

—Todo el mundo conoce las buenas relaciones del general Mola con Hedilla, el líder de la Falange —dijo Alfonso.

—Pero sigo sin entender, ¿qué tienen que ver la Falange y Mola con la Operación Rügen?

—Eso es precisamente lo que tenemos que averiguar —dijo Alfonso deteniendo el coche.

Observaron cómo el general Mola se introducía en un viejo caserón a las afueras de Salamanca. Había al menos otros cuatro coches y cinco o seis guardaespaldas charlando junto a ellos. Alfonso y Raymond rodearon la casa y lograron llegar hasta una de las ventanas traseras. Cuando el español se asomó, no pudo dar crédito a lo que veía.

53

Salamanca, 22 de abril de 1937

El anciano tomó el teléfono de su despacho y marcó un número. Una operaria le conectó y unos segundos más tarde estaba hablando con uno de sus amigos del SIM.

—Buenos tardes, soy el señor Alexander Klein —dijo el anciano—. Tengo que hablar urgentemente con José Ungria.

Esperó unos instantes a que le pasaran la llamada.

—Encantando de saludarle, José —dijo Klein—… Tiene razón, hace mucho que no me paso por ahí, pero ya estoy muy mayor para salir y menos con este tiempo… ¿Qué tal la familia?… Me alegro. Le llamaba por un asunto algo engorroso, espero que sea muy discreto…

Dalila se aproximó a la puerta y comenzó a escuchar. Al principio no entendió nada, pero a medida que el anciano hablaba se empezó a dar cuenta de que estaba vendiendo a sus amigos.

—He tenido alojados en casa a dos personas sospechosas. Un alemán y un español. El español se llama Alfonso Ros y el alemán Raymond Maurer. Tengo razones para sospechar que están haciendo una especie de investigación al margen de sus competencias. Les he oído habar de una tal Operación Rügen.

El anciano se quedó callado de nuevo. Después afirmó con la cabeza.

—Está bien. Yo actuaré con normalidad, esta noche estarán de vuelta. Creo que es el mejor momento para que los capturen… Es mi deber… Un placer hablar con usted.

Dalila se apartó de la puerta y se sentó en uno de los sillones del salón. Tenía que advertir a sus amigos de que si regresaban caerían en una trampa, pero ¿cómo podría localizarles? No sabía dónde estaban, lo único seguro era que regresarían esa noche a la casa.

54

Alfonso reconoció a tres generales, muy importantes dentro del régimen. Eso significaba que el plan estaba apoyado al más alto nivel. No se trataba de una aventura en solitario del general Mola. Todo el mundo sabía que los generales Mola y Sanjurjo habían sido los cerebros del golpe de estado que había terminado en guerra abierta. Mola, como Franco, era un soldado que se había hecho en África, en las duras condiciones de la guerra en Marruecos. Con cuarenta años había conseguido el cargo de general de brigada. A comienzo de los años 30 se le encargó reorganizar la policía y ponerse al cargo de la Dirección General de Seguridad, lo que le había creado muchos enemigos en los partidos de izquierda. Mola estuvo en las primeras conspiraciones del 36 para terminar con la República, por eso fue desplazado a Pamplona cuando se produjo el Alzamiento, para controlar buena parte del Norte de la Península y ponerlo a favor de los sublevados. Su papel en el golpe de estado había sido decisivo, y tras la muerte del general Sanjurjo en un accidente aéreo parecía el más idóneo para dirigir a los nacionales. Pero el ejército de África y la ayuda alemana recayeron sobre uno de los generales más jóvenes: Francisco Franco.

Mola había ideado junto a Sanjurjo un golpe rápido que devolviera el control del país a los conservadores, produciendo un gobierno de concertación y restituyendo la monarquía, pero la cosas se alejaban cada vez más de sus tesis inicial. La guerra total hacía imposible la reconciliación y llevaba a España a un largo conflicto de aniquilación. Al lado de Mola estaban algunos generales como Queipo de Llano y Miguel Cavanellas, entre otros, pero ninguno se atrevía a dar un paso contra Franco. Él era el que les abastecía de armas y poseía el poder militar y político. Ahora todos estaban de nuevo reunidos para conspirar.

—¿Quiénes son? —preguntó Raymond sacando a Alfonso de su ensimismamiento.

—La mayor parte de la Junta de Defensa Nacional, todos menos Franco —dijo Alfonso.

—¡Qué extraño!

—Yo lo veo muy claro, quieren quitar a Franco de en medio. No sé lo que planean, pero sin duda es un nuevo golpe de timón —dijo Alfonso.

—Pero, ¿por qué les apoya la Legión Cóndor y la Falange?

—En algunas ocasiones gente de diferentes ideologías se unen contra un enemigo común —comentó Alfonso.

—Debemos de informar al gobierno y a Berlín —dijo Raymond.

—Pero necesitamos pruebas. No van a aceptar la palabra de dos agentes que investigan por su cuenta contra casi toda la Junta de Defensa —dijo Alfonso.

—¿Cómo las conseguiremos?

—Tenemos que obligar a uno de los conjurados a declarar contra sus compañeros, o algún documento que los comprometa.

—No parece sencillo —dijo Raymond.

—No lo es, pero me temo que es nuestra única esperanza de salir bien parados de todo esto. Estamos demasiado implicados para que nos dejen marchar sin más —dijo Alfonso.

Los dos se quedaron observando la reunión. Apenas se escuchaba nada a través de los cristales. Antes de que se disolviera el grupo, abandonaron con cuidado la finca y se dirigieron en coche a la casa de Klein. Viajaron en silencio, como si las palabras fueran inútiles para exorcizar sus miedos. Se encontraban en un callejón sin salida. Cuando miraron la fachada de la mansión se sintieron aliviados, como si regresaran a casa. Lo que no sabían es que los hombres del SIM les esperaban dentro.

55

Dalila estaba encerrada en su cuarto. El astuto de Klein no quería que la mujer interfiriera en sus planes. Una hora antes había llegado un convoy de veinte soldados. La mayor parte estaba en el salón de la casa, pero también los había ocultos por los alrededores. El propio Ungría estaba al mando de sus hombres. El SIM todavía necesitaba consolidar su posición y capturar a dos traidores era la mejor forma de conseguirlo.

Alfonso y Raymond dejaron el coche delante de la verja y caminaron debajo de la lluvia. Dalila intentó abrir la ventana de su cuarto, pero estaba demasiado dura. Mientras luchaba con el pasador, los dos hombres se acercaban al gran porche.

Alfonso levantó la vista y observó la habitación de Dalila. Ella estaba allí, con la mano sobre la ventana. El hombre bajó la mirada indignado, aquel parecía el cuarto de Klein; ¡qué rápido había encontrado quien la consolase!, pensó dirigiéndose hasta la puerta. Justo cuando Raymond comenzaba a tocar el timbre, Dalila abrió la ventana y gritó con todas sus fuerzas. La lluvia amortiguó algo sus palabras, pero Alfonso miró hacia la ventana. La lluvia le recorría la cara como lágrimas, pero se aclaró los ojos y la vio con medio cuerpo fuera.

En ese momento se abrió bruscamente la puerta. Raymond no pudo reaccionar: un disparo en la pierna le lanzó al suelo, pero Alfonso logró retroceder y esconderse en el frondoso jardín.

Mientras, un encolerizado Klein había ascendido las escaleras. Entró en el cuarto y vio a la mujer asomada a la ventana.

—¡Dalila! —bramó.

La mujer no escuchó al hombre entrar, sino que de repente sintió un fuerte golpe en el cuello. Se volvió y vio al viejo con la cara roja y un bastón en la mano. El hombre comenzó a golpearla con fuerza, hasta que la mujer se derrumbó en el suelo entre gritos y sollozos.

Alfonso corría cerca de la tapia del jardín. Detrás se escuchaban los ladridos de varios perros y las voces de los soldados. Pegó un brinco y se encaramó a la tapia. Antes de saltar al otro lado, echó un vistazo y vio a un soldado corriendo en la otra dirección. Alfonso saltó y se escapó por un bosquecillo cercano. Cuando llevaba quince minutos corriendo se paró debajo de un árbol para recuperar el aliento. Raymond estaba herido o muerto, Dalila prisionera y él se preguntaba por qué se empeñaba en hacerse el héroe. Precisamente él, que no creía en nada y que lo único que esperaba de la vida era ponerse a salvo.

56

El desayuno era fantástico, el mejor que había probado en días. Le encantaba comer, le hacía olvidar los problemas y sentirse mucho mejor. Aquella mañana compartía aquel delicioso banquete con Rafael Reyes, el líder de las juventudes de la Falange. Muchos de los altos cargos del partido comenzaban a evitarle como a un apestado, pero todavía había quién se mantenía fiel a la verdadera dirección del partido.

—Está riquísimo —dijo Hedilla saboreando uno de los huevos.

—La verdad es que hace un año que no pruebo algo así —dijo Reyes.

—Es un regalo de un benefactor, todavía hay gente que se preocupa por nuestro partido —dijo Hedilla.

Apenas habían comenzado el desayuno cuando escucharon golpes en la puerta. Después unos tiros y unos segundos más tarde varios militares entraron en el salón apuntándoles con sus rifles.

—¿Manuel Hedilla? —preguntó el oficial.

—Soy yo —contestó Hedilla limpiándose la cara con una servilleta.

—Queda arrestado por traición —dijo el oficial mientras hacía un gesto a sus hombres. Dos de ellos cogieron por los brazos al prisionero.

Reyes miró sorprendido la escena. Un soldado se acercó hasta él, pero el oficial negó con la cabeza. Los soldados salieron rápidamente del salón, corrieron escaleras abajo, y metieron a Hedilla en un coche.

El vehículo se puso en marcha y en unos minutos estaba fuera de la ciudad. El prisionero se temió lo peor. En aquellos días a muchos se les daba el paseíllo sin mayores contemplaciones. Esta vez Franco no quería arriesgarse a un levantamiento falangista.

El coche se detuvo delante de un gran edificio que parecía hacer de cárcel improvisada. Se introdujo al falangista en una celda húmeda de los sótanos. Un par de horas más tarde recibió la primera visita.

—Buenos días, soy el juez de instrucción, comandante Jiménez —se presentó el hombre.

Hedilla le miró con indiferencia, sabía que la justicia no era más que una pantomima durante aquella guerra.

—Soy el encargado del caso…

—¿Qué caso? —preguntó Hedilla enfadado—. Soy el presidente de la junta de la Falange y esta detención es ilegal. No tengo abogado y no sé de qué se me acusa.

El juez se quedó callado. Después se sentó en una silla y sacó unos folios.

—Se le acusa de organizar una conspiración contra nuestro Caudillo —dijo el juez.

—¿Qué? —preguntó Hedilla sorprendido. Sin duda alguien había advertido a Franco de lo que se estaba organizando.

—Ya lo ha oído, traición —dijo el juez.

—Eso es inadmisible, ¿traición a quién?

—Al Estado y a su máximo representante.

—¿En qué consiste esa supuesta conspiración? — preguntó Hedilla.

—En atentar contra el Caudillo —contestó el juez.

—Eso es una infamia, ¿qué pruebas tienen? —dijo Hedilla.

—La más importante es su negativa a pertenecer a la Junta del nuevo y único partido, sus intentos de sublevar a los miembros de la Falange y sus acuerdos secretos con el embajador de Alemania —dijo el juez.

—Es inadmisible, exijo ver de inmediato a Franco.

El juez miró furioso al preso. Se puso en pie y llamó al carcelero.

—Creo que no se da cuenta de su situación. Está detenido por alta traición y lo único que le espera es el patíbulo, el lugar de todos los criminales. ¡Arriba España! ¡Arriba Franco! —gritó el juez con el brazo en alto antes de salir de la celda.

57

Salamanca, 24 de abril de 1937

Nunca había estado en una cárcel. Mejor dicho, nunca había estado en el lado de los acusados. Desde su puesto de policía había detenido y metido entre rejas a muchos, pero él no había cometido un delito en su vida. Le habían educado en la fría disciplina prusiana. Obedecer era la única opción para su familia. Ahora parecía irónico que él fuera quien estuviera entre rejas y herido en la pierna.

Raymond miró al compañero de celda y le saludó. El hombre parecía más cabizbajo incluso que él. No hablaba mucho y se pasaba el día con la cabeza agachada y la mirada perdida.

—¿Se encuentra bien? —preguntó Raymond.

El hombre le miró temeroso. Al levantar la vista, Raymond pudo comprobar las heridas de la cara, los ojos amoratados y el labio partido.

—No se preocupe, la cárcel es un lugar igual o mejor que otros para estar. Allí fuera miles de personas mueren cada día —dijo Raymond.

—No tengo miedo a morir —dijo el hombre. Su voz era tímida, como la de alguien que nunca se había visto en esta situación.

—Eso está bien, pero yo creo que todos tenemos algo de miedo a la muerte, es natural.

—Yo no tengo miedo a la muerte, por lo menos a la física —dijo el hombre—, lo peor es la muerte moral. Cuando comprendes que todo por lo que has luchado se desmorona.

—Le entiendo, yo también vine a España persiguiendo un ideal o, mejor dicho, huyendo de los ideales que se derrumbaban a cada paso —dijo Raymond comenzando a contagiarse de la tristeza.

—Llevo desde que se fundó la Falange luchando por cambiar España, pero no me había dado cuenta que no se puede curar a un enfermo que no quiere estar sano —dijo el hombre.

—¿Quién ha dicho que no? Lo que sucede es que muchos se hacen ricos gracias a su enfermedad. Es a esos a los que hay que combatir —dijo Raymond.

—Está equivocado, mis propios compañeros corren para conseguir el mejor pedazo de pastel. He sido un infeliz.

—Pero, ¿por qué está aquí? —preguntó Raymond.

—Ya se lo he dicho, por perseguir un ideal. Después de ver a tantos compañeros morir por la causa falangista, ahora unos pocos han vendido el partido por unos puestos en el nuevo partido unificando.

—¿Es usted Hedilla? —preguntó Raymond, al ver al hombre. Su cara le era conocida, parecía uno de los jerarcas del régimen.

—No, mi nombre es Álvaro Pérez Maza, uno de los secretarios personales de Hedilla.

—Yo me llamo Raymond Maurer. Soy miembro de la Legión Cóndor.

El hombre miró extrañado al alemán. Después le preguntó:

—¿Qué hace aquí?

—Me temo que lo mismo que usted, pagar por un delito que no he cometido. Me mandaron investigar un crimen, pero dimos con algo más gordo y a algunos superiores no les gustó que husmeáramos más en el asunto.

—Comprendo, eso es algo muy típico,; nadie quiere conocer la verdad —dijo el hombre.

—Lo que no entiendo es por qué le han encerrado a usted. ¿Acaso es obligatorio integrarse en el nuevo partido?

—No lo es, pero mantener la estructura de la Falange es causa de traición al Estado. Además, nos han acusado de planear un golpe de estado y la muerte de Franco.

Raymond se quedó pensativo. Aquello era un verdadero golpe de suerte. Aquel hombre podía tener la clave para explicar qué estaba sucediendo.

—Esa es una acusación muy grave —dijo Raymond.

—Eso es lo que intentan Serrano Súñer y toda la camarilla de «camisas nuevas», matarnos a todos los que no pensamos como ellos.

—Creo que es imposible acabar con el poder de Franco —dijo el alemán.

El hombre no dijo nada, permaneció callado hasta que Raymond comenzó a hablar de nuevo:

—Además, ahora ostenta el poder militar, el poder del Estado y el político. ¿Quién puede atreverse a enfrentarse a él?

—No es tan fuerte como parece. Hay muchos que desean su caída —dijo el hombre.

—Pero no se atreven a hacer nada —dijo Raymond.

—Por ahora, pero Franco no puede permitirse muchas más derrotas ni empeorar su imagen ante sus aliados. Para Alemania la Falange es el partido más parecido a su ideología nazi, y para Italia, bueno, para ellos somos como hermanos —dijo el hombre.

—Me imagino que eso es cierto, pero los alemanes buscan un líder fuerte, de otro modo España se sumiría en el caos —dijo Raymond.

—Hedilla es el hombre — contestó el preso.

—¿Está seguro? —preguntó Raymond.

—Llevo casi seis meses trabajando con él y le conozco en profundidad.

Las luces de la celda se encendieron. Se escuchó el carrito metálico en el que se repartía la cena. Muchos de los prisioneros se acercaban a la puerta de hierro y golpeaban con sus platos metálicos, famélicos después de varios días malcomiendo en la cárcel.

—Sin el apoyo alemán y de los militares cualquier golpe contra Franco está abocado al fracaso —dijo Raymond.

—Hemos conseguido esos apoyos. Franco se acerca hacia su final sin saberlo —dijo el hombre.

Raymond frunció el ceño. El hombre se le aproximó, como si quisiera contarle algo confidencial.

—Dentro de poco la presión internacional y nacional obligarán a Franco a dimitir, está a punto de suceder un hecho trascendental —dijo el hombre.

—¿Me está hablando de la Operación Rügen? —preguntó Raymond de repente.

El hombre se puso pálido. Se suponía que aquel nombre era alto secreto y muy pocos lo conocían.

58

Dalila se despertó a las veinticuatro horas con el cuerpo molido. Se tocó las piernas y las costillas, pero parecía que no tenía nada roto. Se incorporó en la cama e intentó aclarar sus ideas. Lo último que recordaba era al viejo dándole con un bastón, después todo era confusión. Se levantó de la cama, se miró en el espejo y pudo comprobar que su aspecto era mejor de lo que esperaba. Después se acercó al baño, se aseó y se vistió a toda velocidad. Una única idea le rondaba la cabeza: tenía que escapar cuanto antes.

No sabía si Alfonso y Raymond habían sido capturados al final, por eso antes de marcharse tenía que sacarle toda la información posible al viejo.

Bajó por la larga escalinata y se dirigió al estudio. El anciano se encontraba en su escritorio firmando unos papeles.

—Veo que por fin te has levantado —comentó el anciano sin levantar la vista.

Ella intentó sonreír y se sentó en un sofá.

—Espero que hayas aprendido la lección: nadie traiciona a Klein. Nadie —dijo tajante el anciano.

—Perdona, no sé qué me pasó. Me asusté, creía que los iban a matar.

—A veces dos peones de ajedrez deben ser sacrificados para ganar la partida, no es nada personal —dijo el anciano.

Maldito bastardo, pensó Dalila. Después se acercó hasta él y comenzó a acariciarle la espalda.

—No están muertos, ¿verdad?

El hombre se dio la vuelta y la abrazó. Después sus manos ascendieron hasta los pechos y se quedó un rato allí, hasta que la mujer se apartó un poco.

—¿Muertos? No, el pobre Raymond está en la cárcel y, por lo que sé, el español sigue desaparecido, aunque no creo que tarden mucho en dar con él. No tiene dónde ir —dijo el anciano disfrutando de la cara que ponía la mujer.

Ella se acercó de nuevo al viejo, intentó pensar en otra cosa, pero aquel tipo tenía la llave para que ella pudiera escapar y reunirse de nuevo con Alfonso. El hombre comenzó a levantarle la falda y ella sintió un escalofrío.

—Aquí no, mejor arriba —dijo ella.

El anciano no hizo caso a las palabras de la mujer y comenzó a manosearla. Ella acarició un busto de Hitler que había sobre la mesa. Lo levantó y golpeó con todas sus fuerzas la cabeza del viejo. El hombre no reaccionó. Cayó al suelo desplomado y comenzó a sangrar por la cabeza. La mujer le observó impasible. Sintió una insospechada sensación de libertad. Después soltó el busto, que golpeo sordamente sobre la alfombra. Se limpio las manos de sudor en el vestido y registró los cajones. Encontró una pistola, dinero y varias cartas y papeles. En uno de los documentos descubrió la cárcel a la que había sido enviado Raymond. Salió del despacho y cerró la puerta. El mayordomo se acercó a ella.

—No molesten al señor, está dormido —dijo la mujer.

—Sí, señora.

El mayordomo alcanzó el abrigo de la mujer y la acompañó hasta la puerta.

—¿Desea que le prepare un coche?

—Sí, por favor.

La mujer esperó en el porche hasta que el Mercedes apareció. Se sentó en la parte trasera.

—Por favor, vamos a la Plaza Mayor —dijo la mujer.

En unos minutos corrían por las calles de Salamanca. La lluvia había regresado de nuevo, pero a ella no le importó salir y mojarse la cara. Sintió una especie de renacer. Con la muerte de Klein había logrado vencer todos sus miedos. Ahora se sentía invencible, inmortal, libre al fin del miedo.

59

La cena estaba fría, apenas una sopa maloliente y un trozo de pan negro y rancio. Los dos hombres comieron en silencio, como si tuvieran la sensación de haber desnudado su alma ante un completo desconocido. El primero en romper el silencio fue Raymond.

—Espero no haberle molestado, pero me parecía increíble que los dos estuviéramos en la cárcel por la misma razón, por la Operación Rügen —dijo el alemán.

—Yo no estoy aquí por eso. No creo que el SIM o Franco sepan algo sobre esa operación. Estoy aquí por ser fiel a mis ideales —dijo el hombre, molesto.

—Disculpe, me refería indirectamente. Yo tampoco estoy aquí por la Operación Rügen. Si le soy sincero, no estoy a favor de Franco, pero tengo el deber de mantener el juramento que hice de fidelidad a Hitler y, por ahora, Franco es el hombre elegido por Hitler.

—Por ahora —dijo el hombre enfadado.

—No creo que la Falange pueda sacar a Franco del poder —comentó Raymond intentando provocar al prisionero.

—Pero el ejército sí podrá quitarle a Franco el poder que le otorgó. Lo único que necesitamos es poner en evidencia su falta de liderazgo, su incapacidad, para que sus aliados le den la espalda —dijo el hombre fuera de sí.

—Nadie puede sustituirle —dijo Raymond.

—Mola sería un buen candidato, ¿no cree? Por lo menos hasta que la guerra termine —dijo el hombre.

—Lo que no entiendo es qué tiene eso que ver con la Operación Rügen —dijo Raymond.

—Dentro de unos días se bombardera una ciudad importante de las Vascongadas.

—¿Un bombardeo? Pero, ¿qué tiene eso de especial?

—Será diferente, se lo aseguro. Será una masacre, todos los ojos del mundo se centrarán en España y Franco tendrá que dejar su puesto o ser sustituido —dijo el hombre.

Raymond se quedó pensativo. Si lo que aquel hombre contaba era cierto, cientos, tal vez miles de personas morirían para satisfacer las ambiciones de un pequeño grupo de traidores.

—¿Quién realizará la operación? —preguntó Raymond.

—Sus queridos compatriotas de la Legión Cóndor.

Desde ese momento una única idea circuló en la mente del alemán: escapar para evitar la masacre e impedir que un grupo de traidores pusieran en evidencia a Alemania.

60

Salamanca, 25 de abril de 1937

Alfonso vigiló la puerta del edificio con la esperanza de ver salir o entrar a su amigo, pero lo que parecía claro es que no le habían trasladado a la Dirección General de Seguridad. Por lo especial del caso, seguramente había sido reubicado en alguna cárcel secreta de las muchas que se extendían por el país. Las posibilidades de que saliera con vida eran escasas, aunque su condición de alemán podría retrasar su ejecución o incluso convertirle en un prisionero más de las cárceles del Reich.

Entonces la vio caminar. Al principio no la reconoció, tal vez por su vestido elegante y sus pieles, pero sobre todo porque no esperaba verla en mitad de la ciudad. Corrió hasta ella y la detuvo antes de que diera la vuelta a la esquina.

—Dalila —dijo casi sin aliento.

La mujer se giró y tardó unos segundos en reaccionar. Después se abrazó al hombre y comenzó a llorar. Estuvieron un rato en esa posición, ajenos a los peligros que les acechaban.

—Creía que estabas muerto —dijo separándose un poco y apretándole la cara con las manos.

—Esos cerdos lo intentaron, pero no es fácil terminar con Alfonso Ros —dijo él sonriendo.

Ella comenzó a besarle mientras la gente que pasaba por la calle les miraba.

—Será mejor que nos vayamos de aquí —dijo Alfonso.

Entraron en un café y sin soltarse la mano continuaron hablando.

—Llevo todo el día intentando saber algo de Raymond, pero no está en la cárcel de la Dirección General —dijo Alfonso.

—Antes de marcharme de la casa del viejo logré ver unos papeles en los que se hablaba del traslado de Raymond. Le han llevado a una cárcel a las afueras de la ciudad.

—Tenemos que liberarle cuanto antes —dijo Alfonso.

—¿Cómo podremos sacarle de allí? —preguntó la mujer.

—Encontraremos la manera.

61

Alfonso consiguió un salvoconducto falso de uno de sus amigos de la policía militar, además de ropas y un vehículo. Con la nueva identidad hizo pasar a Dalila por enfermera y él se vistió de médico de campaña. Supuestamente tenían que llevar al hospital a un enfermo grave del centro penitenciario. Pasaron todos los controles sin problemas y llegaron hasta el pequeño cuarto que servía de sala de curas, tomaron un enfermo y le metieron en la camilla. Al pasar por delante de las celdas Alfonso comentó al guardia que había olvidado algo en la sala y le dejó a solas con Dalila.

—Espero que no tarde mucho —dijo Dalila.

El soldado se acercó a ella y la agarró de la cintura.

—¿Por qué tienes tanta prisa? —preguntó el hombre.

Dalila se resistió un poco, pero después se dejó besar. Mientras, Alfonso había encontrado la celda de su amigo. Había logrado abrir la puerta con las llaves que había robado al guarda que estaba con la mujer y le había llevado hasta un cuarto para intercambiar al enfermo con él.

Cuando Alfonso regresó, Dalila seguía apretada contra la pared.

—¡Señorita! —gritó.

El soldado se apartó rápidamente. Dalila se arregló la ropa.

—Hablaré de su comportamiento con sus superiores —dijo Alfonso antes de agarrar la camilla y caminar pasillo abajo.

En un par de minutos habían cargado la camilla y salían con la ambulancia por la puerta principal.

Media hora más tarde se encontraban en Salamanca. Se metieron en un callejón, quitaron los distintivos de la Cruz Roja y llevaron el vehículo hasta una zona apartada de la ciudad. Durante todo el trayecto apenas habían hablado. Los tres bajaron de la furgoneta y Alfonso sacó un par de cigarrillos y comenzaron a fumar.

—Yo también quiero uno —dijo la mujer todavía nerviosa por lo sucedido en la cárcel.

Alfonso le dio el cigarrillo y después se lo encendió.

—No pensé que volvieras por mí —dijo Raymond.

—No he vuelto por ti, simplemente necesito salir de este embrollo y no puedo hacerlo solo —contestó Alfonso.

—Al menos mi estancia en la cárcel ha sido fructífera, ya sé en que consiste la Operación Rügen, pero apenas tenemos unas horas para impedirla —dijo Raymond enigmático.

—¿Cómo tienes la pierna? —preguntó Alfonso.

—Solo fue un rasguño —contestó Raymond.

Los dos escucharon atentos las palabras del alemán. Después se montaron de nuevo en la furgoneta. Tenían que alertar al Alto Mando antes de que la operación se llevara a cabo.

62

Salamanca, 25 de abril de 1937

La escolta salió del Palacio Episcopal. Primero cuatro motos, después dos vehículos con cinco soldados moros, el coche oficial y otros dos vehículos más cerraban el convoy. Franco miró a la multitud que se agolpaba cerca del coche para verle. No terminaba de acostumbrarse a las masas que querían saludarle y acercarse para pedirle favores.

El general Kindelán se giró hacia él y comenzó a hablar.

—No estoy seguro de que sea buena idea que os acerquéis tanto al frente —dijo el general.

Franco le miró muy serio. No le gustaba que le dijeran lo que tenía que hacer.

—Ningún general ha ganado una batalla desde casa. Mis hombres necesitan ver que estoy con ellos. ¿Por qué cree que me gané la fama de inmortal en el Protectorado?

El general se puso muy serio.

—Lo lamento.

—No se preocupe, entiendo los peligros. Ahora no soy un simple oficial, llevo sobre mis hombros el peso del Estado, soy el caudillo de España.

—No tiene nada que demostrar —dijo el general.

—Hay otros que todavía cuestionan mi liderazgo. Una victoria contundente en el Norte acallaría muchas voces críticas. Los que no están conmigo están contra mí —dijo Franco.

—Ya sabe cómo somos los españoles. Tenemos fama de envidiosos, criticones e individualistas —comentó el general.

—Pues eso va a cambiar. Necesitamos disciplina y tesón. Le prometo, general, que cuando termine esta guerra a España no la va reconocer nadie. Nadie, general, se lo aseguro.

63

Cuando los tres llegaron al Palacio Episcopal y pidieron entrevistarse de inmediato con Nicolás Franco, el secretario del Generalísimo, se quedaron sorprendidos. El Estado Mayor se había trasladado en pleno a Burgos para organizar las operaciones en el Frente Norte. Apenas quedaba un día para que se produjera el bombardeo y aquel nuevo incidente dificultaba aún más las cosas. Tomaron de nuevo la furgoneta y se encaminaron a Burgos.

Franco pasaba la mayor parte del tiempo entre el Palacio Episcopal de Salamanca y el Palacio Provincial de Burgos. Al principio se había alojado en el Norte Londres, un hotel de lujo, pero cuando fue nombrado jefe de gobierno la ciudad de Burgos cedió el palacio como sede oficial del jefe de estado. Mola había hecho algo parecido con Valladolid y Queipo en Sevilla. Cada general tenía su pequeño reino de taifas en el que ejercer su poder de manera casi ilimitada.

La situación de la sede de Burgos era todavía muy precaria. La ciudad se encontraba muy cerca de los escenarios bélicos y Carmen, la mujer de Franco, se había negado a trasladarse definitivamente hasta que el Norte se rindiera. Además, la esposa del Caudillo sabía que de producirse un revés en la guerra convenía estar cerca de la frontera con Portugal.

Las comunicaciones entre las dos ciudades eran seguras. La carretera tenía varios controles y se protegía de los intentos republicanos de bombardear la importante vía de comunicación, pero eso también dificultaba el viaje de las personas que no tenían salvoconducto.

A mitad de camino, Alfonso, Raymond y Dalila decidieron tomar un autobús hasta la ciudad. Era la única manera de pasar los controles sin tener que dar tantas explicaciones.

Cuando pasaron el último control ya era mediodía. Les quedaban unas pocas horas para intentar entrevistarse con Franco y comunicarle los planes secretos de la Operación Rügen.

Burgos era una ciudad mucho más grande que Salamanca, pero no tenía su carácter juvenil y universitario. En su lugar estaba repleta de seminarios y monasterios católicos. La religiosidad reinante podía verse en cada calle. La gente vestía de manera más elegante y parecía que la escasez de la guerra no había hecho apenas mella en sus habitantes.

Alfonso y Raymond iban mal vestidos, mientras que Dalila conservaba su hermoso traje y el abrigo de pieles. Antes de intentar ponerse en contacto con el Cuartel General tenían que encontrar un par de trajes que adecentaran algo su imagen.

Compraron dos trajes en una sastrería y se asearon en los baños de la tienda. Después Alfonso propuso visitar a uno de sus contactos en la ciudad. Estaba claro que Franco no les iba a recibir sin más, pero era probable que su hermano Nicolás o «el Cuñadísimo» sí accedieran a recibirles ante la gravedad de los hechos.

El alcalde de Burgos, Rafael de la Cuesta, había cedido la mayoría de las dependencias municipales y provinciales al gobierno y el ejército, por ello la sede municipal se encontraba en el Círculo de la Unión. Cuando llegaron al edificio, Alfonso les pidió a sus amigos que le esperaran fuera.

Alfonso entró en el edificio y unos minutos después de su llegada fue recibido por el secretario del alcalde, Ramón Sanmiguel.

Sanmiguel y él habían estudiado juntos en el colegio Jesuita de Santander. Los dos provenían de buena familia y los dos habían intentado ocupar cargos importantes dentro del funcionariado. Sanmiguel se había trasladado a Burgos poco antes de comenzar la guerra y habían perdido el contacto, pero Alfonso confiaba en que su viejo amigo les facilitara un encuentro con algún miembro del gobierno de Franco.

Alfonso entró en el despacho y se quedó parado; no sabía cómo iba a reaccionar su amigo después de tanto tiempo. Ramón se levantó muy amigablemente, se acercó a él y lo abrazó.

—Me alegro de que estés bien. Te hacía en Santander —dijo el hombre sorprendido.

—No me gustaban algunas cosas que veía en la ciudad y me trasladé a Salamanca —mintió Alfonso, ocultando las verdaderas razones de su huida de Cantabria.

—Dicen que los rojos están haciendo verdaderas masacres en la parte republicana —dijo Ramón.

—Me temo que los asesinatos son algo demasiado común en toda España.

Ramón frunció el ceño. Cualquier crítica al gobierno o al bando nacional era tomado como alta traición, pero al final volvió a sonreír y pidió a su amigo que se sentara.

—¿Qué te trae por Burgos?

—Te seré sincero. Hace unos días me reclutaron para investigar un asesinato…

—¿Continúas ayudando en la policía?

—Se puede decir que sí. Me propusieron investigar un caso y después integrarme en el SIM, los servicios secretos, pero a medida que investigábamos descubrimos que no estábamos ante un simple caso de asesinato. Al parecer, el móvil del crimen había sido político. La víctima había descubierto una trama conspirativa para desprestigiar al gobierno y provocar un cambio. ¿Me sigues? —preguntó Alfonso.

Su amigo le miró sorprendido.

—No lo entiendo. ¿Hay un complot para derrocar a Franco?

—Al parecer sí, de eso se trata.

—¿Y qué quieres que haga yo?

—Tenemos que ver al Generalísimo o alguno de sus colaboradores más directos, no podemos fiarnos de nadie más. Desconocemos qué personas están directamente implicadas —dijo Alfonso.

—No es fácil acercarse a Franco, ni siquiera para el alcalde, con el que mantiene unas excelentes relaciones, pero puede que en un par de días alguno de sus secretarios tenga un hueco —dijo Ramón

—¿Un par de días? Eso es demasiado tiempo. Apenas tenemos unas horas, mañana será tarde.

Ramón se quedó pensativo. Después abrió la agenda y comenzó a leer.

—Tenemos los actos en los que participa el Caudillo, es una manera de asegurar sus movimientos. Hoy ha llegado al Palacio y permanecerá allí hasta la hora de la comida. Después tiene previsto un viaje al frente, sale a las tres de la tarde. Su regreso no lo tiene previsto hasta mañana por la mañana.

—Eso es terrible. Si se marcha en un par de horas, no veo la forma…

—No te preocupes, yo mismo iré con vosotros. Al menos alguien nos recibirá o podremos pasar alguna nota a Nicolás Franco o a Serrano —dijo Ramón para tranquilizar a su amigo.

—Gracias Ramón, pero debes saber que…

—No hace falta que me lo digas —comentó el hombre girando una hoja para que la viera su amigo—. Os están buscando por traición, una nota como esta debe estar en todas las ciudades del bando nacional. Si no conseguís hablar con Franco, será mejor que os marchéis de España cuanto antes.

Alfonso le miró sorprendido.

—¿Por qué haces todo esto?

—Mira Alfonso, hay muchas cosas que no me gustan de esta nueva España y una de ellas es que uno se convierte en traidor con demasiada facilidad. Muchos están utilizando las leyes excepcionales de guerra para hacer su propio ajuste de cuentas. Antes te comenté lo de las matanzas de los rojos para ver cómo reaccionabas, pero aquí las cosas no han sido mucho mejor. Los fusilamientos y la cárcel son las únicas opciones para los que no acepten a pies juntillas los dictados del gobierno. En Valladolid la represión ha sido aún mayor. Puede que sea un ingenuo, pero sigo pensando que uno es inocente hasta que se demuestre lo contrario.

—Gracias Ramón, no olvidaré nunca tu ayuda.

—No hay de qué… no hay de qué, Alfonso.

64

El general Mola levantó el teléfono y llamó a Wolfram von Richthofen. Esperó hasta que se abrió la línea y después habló intentando disimular su nerviosismo.

—Las cosas no machan bien —dijo el general Mola.

—¿Por qué, general? —preguntó el alemán.

—Han detenido a Hedilla, Franco quiere expulsar al embajador de su país y algunos generales están comenzando a echarse atrás.

—¿Quiere que suspendamos la misión?

—No, de una manera u otra debemos seguir adelante. Esta misma noche en el programa de radio voy a advertir a los vascos de las consecuencias de continuar luchando. Si arrasamos una ciudad, las demás se lo pensarán mucho antes de resistir nuestro avance.

—Es importante que dejemos pasar a la prensa. Muchos intentarán silenciar el ataque o empequeñecerlo —dijo el alemán.

—Se dejará paso libre a los periodistas en cuento termine el ataque; de hecho, ya se ha contactado con alguno de los más críticos —dijo el general Mola.

—¿Qué ha sucedido con los investigadores del asesinato?

—Siguen desaparecidos, pero los encontraremos.

—Tal vez no fue una buena idea crear esa investigación fantasma —dijo el alemán.

—Nunca pensamos que llegarían tan lejos, eran dos personajes grises que no parecían tener mucha capacidad, pero me temo que nos equivocamos con ellos —dijo Mola.

—Hay que atar bien los cabos sueltos.

—Los ataremos. Debemos pasar a la siguiente fase del plan. La Operación Rügen ha comenzado —dijo el general Mola.

—De acuerdo, ya no hay marcha atrás —contestó el alemán.

—Gracias Wolfram.

—General, nuestra causa es la suya.

Cuando colgó el teléfono notó como el nudo del estomago le provocaba nauseas. Llevaba varios días sin dormir. Sabía que Franco podía ser un enemigo terrible y despiadado, pero no creía en una España gobernada por un megalómano acomplejado capaz de arrasar el país entero en busca de sus propios fantasmas. Desde el principio había preferido que Franco no entrara en la conspiración, pero Sanjurjo había insistido. Sabía que los ejércitos de África eran fieles solo a él. Ahora Franco se había convertido en Caudillo y estaba seguro de que no dejaría el poder tras terminar la guerra. Sus sueños de recuperar la monarquía y formar un gobierno de concertación eran cada vez más lejanos. Si Franco ganaba no podrían deshacerse de él. Era el momento. Unos meses más y toda resistencia habría desaparecido. En el caso de que el plan fallara, temía por su vida. El accidente de Sanjurjo había sido provocado, al menos eso era lo que él creía. Nada impediría que Franco hiciera algo similar con él si se enteraba de que le había traicionado.

Tercera parte
Guarda el secreto

65

¿Están listos los aviones? —preguntó Günther Lützow, el oficial al mando.

—Sí, señor —dijo el sargento.

—¿Han comprobado los dos Heinkel He 111S, el Dornier Do 17, el dieciocho Ju 52 *Behelfsbombers*?

—Están comprobados, repletos de combustible y con las bombas cargadas —dijo el sargento.

—¿Los italianos están avisados de la hora de la operación? Espero que no lleguen tarde como siempre.

—Les hemos dicho la hora, el día y las coordenadas. Las 16:30 del 26 de abril, latitud 43.19 Norte, longitud 2.40 Oeste.

—Correcto. No podemos permitirnos ni un fallo —dijo el oficial.

—¿Qué diremos si alguien ajeno a la misión nos pregunta?

—Que estamos en prácticas, planificando las operaciones del Frente Norte.

El oficial observó durante unos instantes los aparatos. La guerra era un asunto muy serio como para dejarlo en manos de aficionados. Después regresó al despacho y volvió a repasar los mapas. Los objetivos principales eran el puente y la fábrica de armas, pero las órdenes especificaban la destrucción total de la ciudad.

Alejó su mente de la misión y se puso a pensar en Alemania. Llevaba tan solo unos meses lejos del hogar, pero se sentía angustiado. Muchos hablaban de la próxima guerra en Europa y él no podía dejar de pensar en su mujer y sus dos hijas. Había visto los efectos de la guerra, las mutilaciones, la destrucción y temblaba solo de pensar en que sus tres mujeres tuvieran que sufrir algo parecido. Günther sacó una botella de un cajón y bebió directamente de ella. Aquella era la única medicina que le ayudaba a olvidar todos sus miedos. Odiaba a Göring y todo lo que representaba, pero cumplía órdenes y su estricto código ético le impedía desobedecer.

66

Himmler estaba despierto cuando le pasaron la llamada de España. Sabía que quedaban pocas horas para el bombardeo y que recibiría noticias esa misma noche. Por una vez Göring y él se habían puesto de acuerdo en algo. A ninguno de los dos les gustaba Franco, les parecía la antítesis de la raza de hombres que estaban creando en Europa. Un tipo decadente, católico y tradicional sumiría de nuevo a España en su época más oscura.

—Al habla Himmer —dijo tomando el teléfono.

—Señor, la Operación Rügen se ha puesto en marcha. Mañana a la hora prevista se producirá el bombardeo —dijo von Richthofen.

—Perfecto. ¿La operación sigue en secreto? —preguntó Himmler.

—Sí, señor. No lo sabe nadie, ni el propio Sperrle.

—Perfecto. Después de esta operación enviaremos quejas al Alto Mando español y pediremos la sustitución de Franco. El viejo Sperrle tendrá que caer también, pero ya se lo compensaremos con un nuevo puesto en Alemania. La guerra en Europa no tardará mucho y España debe estar en paz, fuerte y preparada para convertirse en un aliado estratégico —dijo Himmler.

—Sí, señor.

—Quiero un informe sobre la eficacia del bombardeo sobre la ciudad, tal vez la próxima sea París o Londres. Nos interesa saber el número de aparatos, bombas y la eficacia de nuestros aviones.

—Le mantendré informado —dijo von Richthofen.

—No podemos permitirnos ni un error, los ojos de Europa nos contemplan. Hagamos que tiemblen —dijo Himmler.

—Europa no ha visto un ataque tan destructivo nunca, nuestros enemigos se lo pensarán dos veces antes de enfrentarse a nosotros —dijo von Richthofen.

—Esperemos que así sea —dijo Himmler—. Suerte. ¡*Heil* Hitler!

—¡*Heil* Hitler!

67

Burgos, 25 de abril de 1937

Llevaba un par de semanas sin visitar la ciudad. Prefería el ambiente de Salamanca al de Burgos. En la ciudad atravesada por el río Arlanzón el mundo tenía un color gris ceniza que no encajaba mucho con su personalidad. Si había un lugar en España donde las cosas no habían cambiado durante siglos era en Burgos, donde la Iglesia seguía estrangulando la libertad de la ciudad.

George Steer se acercó al hotel Norte Londres. Allí le esperaba su confidente. Le había pedido que se acercara a Burgos, ya que en unas horas se produciría el ataque. No sabía cuál era el objetivo, pero dado las posiciones actuales del ejército nacional, debía de tratarse de algún punto entre Vitoria y Bilbao. Durango era la ciudad que reunía las características para un bombardeo, pero también podría ser Gernika o la propia Bilbao.

Los vascos estaban a punto de rendirse, o eso al menos decían las informaciones que le habían llegado. Lo que no entendía era por qué causar un golpe tan fuerte en uno de los frentes que antes iba a caer. ¿No era mejor bombardear Madrid, Barcelona o Valencia?

Los contactos de la Santa Sede, la Iglesia vasca, el gobierno vasco y los nacionales se habían intensificado en los últimos meses. Un bombardeo rompía sin duda todo intento de acuerdo.

Cuando entró en el *hall* del hotel su confidente ya le esperaba sentado en uno de los salones. Se acercó a él y sin saludarle se situó en uno de los sillones más próximos.

—Creía que ya no vendría —dijo el confidente.

—El camino de Salamanca a Burgos está saturado. Se nota que la invasión de Euskadi es inminente.

—¿Euskadi? Las Vascongadas querrá decir —comentó el confidente alterado.

George Steer sabía que para los nacionales todo lo que no fuera la cultura castellana era un regionalismo de segunda clase. Aquel tipo le parecía más mezquino que su primer contacto italiano.

—Mañana es el gran día —dijo el confidente más alegre.

—¿A qué hora?

—No puedo decir la hora exacta, pero será por la tarde. Le prepararemos un vehículo que a las pocas horas le llevará al objetivo. Será el primero en llegar y esperamos que su crónica se escriba de inmediato.

Las palabras del confidente lograron alterarle. No le gustaba que le dijeran lo que tenía que hacer. Él no era como otros periodistas que se convertían en lacayos de uno u otro bando, prefería mantener su independencia aunque eso le causara más de un disgusto.

—Deje que yo haga mi trabajo y usted encárguese del suyo —contestó secamente George Steer.

El confidente refunfuñó, pero prefería no discutir con el británico. Le pasó una hoja con la hora y el sitio donde le esperaría el coche.

—Gracias.

—Sea puntual, la guerra no puede esperar.

La frase le hizo gracia. España era uno de los países más impuntuales que había conocido, pero no comentó nada. Se limitó a tomar el papel y a asentir.

El confidente se levantó y George Steer se quedó solo, en silencio, con la mente vagando sin descanso. Aquello apestaba a manipulación. Alguien quería utilizar un bombardeo para un asunto meramente político. Intuía que lo que se pretendía dinamitar no era la ciudad, sino a incómodos adversarios políticos. ¿Quién podría beneficiarse de una masacre? La pregunta no era fácil de responder. Una matanza parecía perjudicar la imagen de los nacionales en Europa, vistos por las fuerzas conservadoras como patriotas que luchaban contra el comunismo. El bombardeo también podría deteriorar la imagen de Alemania e Italia, que el mundo veía cada vez con más preocupación. En unas horas saldría de dudas. Estaba a punto de dar la noticia más importante de la Guerra Civil y, posiblemente, una de las más importantes de lo que llevaban de siglo XX.

68

Yo creo que no es necesario que pases la noche en plena línea del frente —dijo Nicolás Franco.

Serrano Súñer afirmó con la cabeza. Franco se había empeñado en dirigirse hasta una de las líneas avanzadas, compartir el rancho de los soldados y dirigir por la mañana las operaciones.

—No soy un general de despacho. Soy un soldado —dijo Franco enfadado.

—No tienes que demostrarle nada a nadie —comentó Nicolás—; has sido el general más condecorado de España. La mitad del país te considera un héroe.

—Por eso, Nicolás: en nuestro país un día eres un héroe y al siguiente te tachan de cobarde. No podemos dejar ni un resquicio a nuestros enemigos —comentó Franco.

—Cuñado, Nicolás tiene razón. Es un riesgo innecesario. ¿Qué sucedería si te hirieran o murieras? —pregunto Serrano Súñer.

—Estoy en manos de Dios y de la Virgen María —dijo Franco.

Se produjo un silencio. Serrano no era un hombre muy religioso, Franco tampoco había sido tan fervoroso hasta casarse con Carmen, pero su parte mística era cada vez más acusada. Se creía elegido por la Divina Providencia para salvar a España de las hordas rojas.

—Lo mejor para controlar a los críticos es comprarlos o destituirlos —dijo Serrano—. Queipo, Mola y todos los que son como ellos deberían tener retiros privilegiados fuera de España o simplemente cortarles las alas.

—Es fácil decirlo —comentó Franco—, te crees que no sé lo que dicen de mí, pero no podemos dividir nuestras fuerzas en un momento como este. Hay que cerrar filas, apretar los dientes y esperar. El que ríe el último ríe dos veces —dijo Franco.

—Los informadores del SIM nos han comunicado que hay movimientos sospechosos en la Legión Cóndor —dijo Nicolás.

—¿Sospechosos? —preguntó Franco.

—¿Está prevista alguna intervención inmediata? —preguntó Nicolás.

—No, Sperrle me informó de unas maniobras, pero no hay operaciones nuevas hasta dentro de unos días —dijo Franco.

—Será eso —dijo Nicolás.

—¿Está todo preparado? —preguntó Franco.

—Sí —dijo Nicolás.

—Tú quédate aquí, no hace falta que me acompañes —dijo Franco señalando a Nicolás.

—Yo voy —dijo Serrano.

—Como quieras, pero no va a ser una noche cómoda.

—No importa —dijo Serrano

—A propósito, ¿Hedilla ha entrado ya en razón? —preguntó Franco.

—Sigue empeñado en reclamar la hegemonía de la Falange y su puesto de secretario general —dijo Serrano.

—Ese imbécil… Que le hagan un consejo de guerra, que le fusilen si es necesario —dijo Franco.

—Pero los alemanes…

—¿Los alemanes? ¿Quién manda aquí? Los alemanes no tienen nada que decir. En unas semanas tendremos embajador nuevo y Hitler no creo que se meta en este asunto interno —dijo Franco.

—Eso espero —dijo Serrano. Él conocía en parte a los alemanes y sabía que podían ser muy insistentes cuando algo les interesaba.

—Bueno, será mejor que nos centremos en la campaña. La política me da dolores de cabeza —dijo Franco tocándose la frente.

Mientras se ultimaban los detalles del traslado, Franco regresó de nuevo a los mapas. Observar los objetivos militares y mover tropas en un mapa le relajaba. Era como si en aquel pequeño mundo él tuviera el control sobre todas las cosas.

69

Los cuatro se acercaron al Palacio Provincial. Ramón Sanmiguel había insistido en acompañarles personalmente. No pasaban de las siete, pero todavía los días eran cortos y parecía mucho más tarde. Alfonso se dirigió a su amigo. No quería que se metiera en más problemas.

—Será mejor que me des la carta. Ya intentaremos nosotros hablar con Nicolás Franco o Serrano Súñer —dijo Alfonso.

—No, yo iré con vosotros. Imagino que sabiendo que estoy yo os hará más caso —dijo Ramón.

—Alguien tiene que cuidar de Dalila —dijo Alfonso.

—Yo también voy —dijo ella frunciendo el ceño.

—Si nos capturan a todos no podremos intentarlo de nuevo. Somos prófugos de la justicia —dijo Alfonso.

—La última vez que me quedé sola no fueron muy bien las cosas. No me vuelvo a separar de ti —dijo la mujer.

—Mis amigos no son como los de Raymond —bromeó Alfonso.

Raymond se puso muy serio. Se había sentido culpable de todo lo que había sufrido Dalila y aquello era un golpe bajo.

—Nunca pensé que Klein actuara de una manera tan ruin —dijo Raymond.

—Está decidido. Nos arriesgaremos todos —dijo Dalila.

En la entrada les pidieron la documentación y cinco minutos más tarde estaban a unos pocos metros de conseguir su objetivo. Alfonso repiqueteaba los dedos en una mesita mientras Dalila y Raymond intentaban relajarse charlando.

Un soldado salió del despacho y les pidió que entraran. Cuando llegaron al despacho, su decepción se vio reflejada en la cara del interlocutor. No estaban ante Nicolás Franco; aquel hombre era un simple funcionario.

—¿Qué es tan importante como para solicitar una audiencia de un día para otro? —preguntó malhumorado el funcionario.

—Es un caso muy urgente, necesitamos hablar cuanto antes con el Generalísimo —dijo Ramón.

—El jefe del Estado está muy ocupado. Además de regir los destinos de España tiene que ganar una guerra —dijo el funcionario.

—La guerra y la jefatura del Estado están en peligro —insistió Ramón.

—¿En peligro? No se crea que son los únicos locos que denuncian conspiraciones contra el Caudillo. ¿Por qué debería creerles?

—Tenemos pruebas. Se ha preparado una misión secreta llamada Operación Rügen para desprestigiar al gobierno —dijo Raymond.

—¿Una operación militar? —preguntó extrañado el funcionario.

—Sí —contestó Raymond.

—Eso no me compete. Tendrán que ponerse en contacto con el SIM —dijo el hombre—. Ahora tengo mucho trabajo, buenas tardes.

Alfonso se acercó enfurecido a la mesa y el hombre se echó para atrás. Sus ojos minúsculos se agrandaron detrás de las gruesas gafas de miope.

—¡Necesitamos hablar con Serrano Súñer o con Nicolás Franco! —dijo Alfonso.

El hombre tartamudeó, pero al final recuperó la calma.

—No hay nadie. Todos han salido para el frente. Mañana por la mañana podríamos ponernos en contacto con ellos —dijo el hombre.

—Mañana será demasiado tarde —dijo Alfonso—, tiene que ser hoy.

El hombre levantó el teléfono.

—Necesitamos ayuda urgente. Código 3.

Todos se miraron extrañados. Aquello no pintaba bien.

—Déjelo, ya encontraremos la manera de contactar con él —dijo Ramón.

Los cuatros se dirigieron a la salida y caminaron con paso acelerado escaleras abajo. Justo al cruzar el umbral del palacio, unos soldados les gritaron desde la puerta. Los cuatro echaron a correr. Aún quedaba otra oportunidad para abortar la operación, pero el tiempo se agotaba.

70

La celda, húmeda y sin luz natural, no tenía más que un frío poyete. Después de unos días allí, Hedilla comenzaba a plantearse si merecía la pena luchar por una causa en la que ya no creía casi nadie. Muchos de sus camaradas se estaban plegando a los deseos de Franco. Pilar Primo de Rivera, hermana de José Antonio, se había vendido para poder dirigir la sección femenina del nuevo partido y muchos habían seguido su ejemplo. Cada día rezaba para que las cosas cambiaran, pero estaba comenzando a perder la fe en una solución rápida.

—Manuel, tienes visita —dijo el carcelero.

El portón se abrió y penetró algo de la luz del pasillo. Allí, frente a la puerta, estaba Wilhelm von Feupel, el embajador alemán.

—Estimado Hedilla, me apena mucho verle en esta condición. No se preocupe, nuestro Führer también padeció la cárcel antes de gozar de las mieles del Estado.

Hedilla levantó la vista pero permaneció en silencio.

—Su cautiverio está a punto de llegar a su fin. Mañana es el gran día. Muy pronto ese militar incompetente estará fuera del gobierno y puede que rodeado de cadenas como usted ahora —dijo el embajador.

—Lo dudo mucho. Franco siempre escapa ileso de todos los contratiempos —comentó Hedilla.

—Esta vez no será así. Estamos unidos a miembros de la Legión Cóndor; el embajador italiano nos apoya, la Falange y buena parte del ejército también, ¿qué puede salir mal?

—Es un grupo demasiado heterogéneo, ¿no cree? —dijo Hedilla.

—¿Cuántos hombres se acercaron a asesinar a Cesar? Cada uno tenía sus razones, pero Cesar murió —dijo el embajador.

—Y el imperio se sumió en el caos, porque todos se creían herederos del tirano —contestó Hedilla.

—Bueno, en horas negras es normal que todo se vea negro. Mañana las cosas serán muy diferentes.

—Mola se echará para atrás —dijo Hedilla—, ya lo ha hecho en otras ocasiones y mis compañeros no se atreverán a enfrentarse al ejército.

—Malos augurios, pero debemos confiar en la fuerza de la voluntad. No se torture más. Mañana saldrá de aquí, yo mismo abriré esa puerta —dijo el embajador algo contrariado por la actitud de Hedilla.

—Dios le oiga, señor embajador.

Wilhelm von Feupel levantó la mano haciendo el saludo fascista y Hedilla se limitó a mirarlo sentado. Después de puso en pie y abrazó al embajador.

—No quiero parecer un desagradecido, sé que está intercediendo por mí. Muchas gracias.

—No hay nada que agradecer. Estamos sirviendo a una causa superior. Dentro de poco toda Europa se convertirá en un lugar mejor. El fascismo, el nazismo y la Falange caminarán de la mano salvando al mundo de los judíos, los liberales y toda esa peste que asola a Europa —dijo el embajador.

Hedilla permaneció en silencio. Cuando la puerta de la celda se cerró regresó al camastro. Se sentó sobre la manta y suspiró. Intentó reproducir en su mente las palabras de José Antonio: aquello era lo único que podía reanimarle. Pero la preocupación y el miedo le impedían pensar con claridad. No temía morir, lo que realmente le torturaba era que no había conseguido mantener viva la doctrina falangista. Había fallado al partido y a su fundador. ¿Qué importaba si aquella maldita operación triunfaba? Mola, Queipo o cualquier otro general harían lo mismo que Franco. La Falange había muerto con José Antonio y cuanto antes se hiciera a la idea, antes podría descansar.

71

Burgos, 25 de abril de 1937

Los planes habían cambiado. Tal vez fuera imposible hablar con Franco antes de que la operación se pusiera en marcha, pero Sperrle, el comandante en jefe de la Legión Cóndor, si podía pararla.

Alfonso y sus amigos llegaron exhaustos a la puerta de la residencia de Sperrle en Burgos. En los últimos días apenas habían descansado o comido, la tensión comenzaba a reflejarse en sus rostros. Aquella parecía que era su última baza.

Después de una dura negociación con el sargento de guardia, Raymond consiguió que los recibieran.

Llegaron a la Biblioteca y vieron a Sperrle con una copa de licor en las manos.

—¿Ustedes no se cansan nunca? —preguntó Sperrle enfadado.

—Disculpe las horas y la intromisión, pero no podíamos esperar a mañana.

—De qué se trata, Raymond.

—Hay una operación llamada Rügen en marcha —dijo el alemán.

—¿Rügen? No entiendo —dijo Sperrle.

E—s una operación secreta, ordenada por von Richthofen y que pretende desestabilizar el gobierno —dijo Alfonso.

Sperrle le miró con el monóculo y después volvió a dirigirse a Raymond.

—La Operación Rügen, la maldita Operación Rügen… hace semanas que la conozco. Yo fui el que ordenó a Damian von Veltheim que investigara. A los pocos días apareció muerto, pero antes me habló de ella. Informé de todo a Göring, pero me dijo que no interfiriera. Al parecer él y Himmler están detrás del complot. Esta misión está organizada al máximo nivel. Tengo las manos atadas, para qué voy a engañarles —dijo Sperrle.

—¿Usted ordenó a Damian von Veltheim que investigara y no nos lo dijo? —preguntó Alfonso—. Si lo hubiéramos sabido desde el principio… pero ahora puede que sea demasiado tarde. Dé la orden para que detengan la operación.

—No puedo. Göring y Himmler terminarían con mi carrera. Franco, Mola, o quien sea, a los alemanes no nos importa quién gobierne España mientras nos sea favorable. Pero los jefes quieren a un pusilánime como Hedilla que sea fácil de gobernar. De Mola se ocuparán a su debido tiempo —dijo Sperrle.

—Nosotros pararemos esta locura —dijo Raymond.

—No lo harán —dijo Sperrle sacando una pistola de un cajón—, no pondrán en peligro mi carrera.

Todos se echaron para atrás menos Raymond.

—Nos dejará ir, ¿verdad? —preguntó Raymond levantando las manos.

—No, me temo que su viaje ha terminado —dijo Sperrle acercándose al interfono.

Raymond se abalanzó contra él y un disparó sonó en la sala. Todos se lanzaron al suelo menos Alfonso, que corrió hacia el alemán. Movió el cuerpo: estaba muerto. Se lanzó sobre Sperrle, que permanecía de pie con la pistola en la mano, pero como ido. Le quitó el arma y le golpeó con todas sus fuerzas. Después lanzó una silla contra el ventanal y agarró a Dalila por el brazo.

—¡Vamos, deprisa! —gritó mientras saltaban por la ventana.

Se escucharon ráfagas de metralletas, pero lograron esconderse en la oscuridad. Mientras escapaban, una única idea torturaba la mente de Alfonso. Raymond había muerto por su culpa, pero él se encargaría de vengarlo.

72

La lluvia comenzó a empapar las calles y su sonido monótono consiguió amortiguar el dolor de todos. Alfonso permanecía en silencio, como si todo lo que habían intentado careciese de sentido. Hacía mucho tiempo que no experimentaba aquella sensación de vacío. El vacío que produce la muerte de un ser cercano. Sus padres habían fallecido cuando él era demasiado pequeño para tener miedo. Dalila le agarraba la mano en silencio. Ahora estaban solos de nuevo. Alfonso había pedido a su amigo que se marchara. No quería que también le pasara algo a él.

—Dalila, será mejor que mañana tomes el primer autobús hacia Portugal o Francia. Lo único que te espera a mi lado es la muerte —dijo Alfonso cabizbajo.

—La muerte será un regalo si la sufro contigo —dijo la mujer acariciándole la cara.

—Eres demasiado joven y bonita para morir. En Italia puedes rehacer tu vida, lejos de esta maldita guerra. Regresa, haz una familia y enseña a tus hijos a ser verdaderos hombres, personas que odien la guerra.

Dalila sonrió. Aquel no era el hombre altanero que había conocido, como si en las últimas horas Alfonso hubiera mudado su piel dura y seca de serpiente por una más suave y sensible.

—No me espera nadie en Italia. La vida no ha sido fácil y ahora que he encontrado alguien por quien luchar no lo voy a dejar escapar. Antes creía que lo más importante era vivir bien, viajar, tener joyas y vestidos, pero ahora no me importa nada de eso. Prefiero perderlo todo, pero ganar la felicidad.

Alfonso se acercó despacio a la mujer y la besó. Sentirse a su lado le hacía mejor persona.

—Vamos a luchar y vamos a vencer —dijo Alfonso.

—Adelante —dijo ella recuperando el entusiasmo.

—¿Quién más puede ayudarnos y que no dudemos de su fidelidad a Franco?

—No lo sé, desconozco a los políticos españoles.

—Juan Vigón es el hombre. Es uno de los militares más honestos que hay en España —dijo Alfonso.

—No le conozco.

—Es un militar de carrera. Estaba jubilado cuando comenzó la guerra, pero se unió a Franco. Es uno de los hombres más humildes de España. Franco le ha encargado algunas de las operaciones del Frente Norte. Esperemos que no se haya marchado ya al frente —dijo Alfonso recuperando todo su entusiasmo.

—Pues lo intentaremos —dijo Dalila.

—Creo que la base la tiene en Medinaceli, pero me imagino que en plena campaña se habrá acercado a Burgos.

—¿Cómo sabemos que él no está implicado en la trama?

—No creo que se haya involucrado en algo así, pero de todas maneras no nos queda otra opción —dijo Alfonso.

—Pero, ¿cómo le encontraremos? Nos están persiguiendo los servicios secretos, la Legión Cóndor y media España —dijo Dalila.

—Tendremos que darnos prisa antes de que cierren el cerco sobre la ciudad. Vigón puede llevarnos hasta Franco. Si Vigón nos protege, nadie nos impedirá hablar con él.

Alfonso y Dalila se pusieron en marcha. La noche se les había echado encima y quedaban menos de dieciséis horas para que el ataque comenzara: el tiempo se estaba acabando.

73

Burgos, 25 de abril de 1937

Von Richthofen comenzó a moverse por el despacho. No podía creer lo que le estaban diciendo.

—¿Han entrado en la casa de Sperrle y le han agredido? —preguntó sorprendido.

—Eso parece Señor, pero el general está bien —dijo el soldado.

—Inconcebible —dijo Richthofen.

—Uno de ellos fue herido en la refriega. El general sacó una pistola y acertó a dispararle, pero el resto se dio a la fuga.

—¿Quién es el herido?

—Un miembro de la Legión Cóndor, Raymond Maurer —contestó el soldado.

—¿Cuántos eran? —preguntó Richthofen.

—Tres hombres y una mujer —dijo el soldado.

—Esa mujer sigue con ellos. No sé que pueden intentar ahora, tal vez desistan, pero quedan todavía doce horas para la operación. Que nadie se acerque a la base aérea. Pongan a toda la legión en alerta máxima —ordenó el general.

—Sí, Señor.

El soldado se retiró y Richthofen cogió el teléfono. Tardó un rato hasta que al otro lado de la línea alguien le contestó.

—¿General Mola? —preguntó el alemán.

—Al habla.

—Alfonso Ros y sus amigos siguen dando problemas. Me temo que intentarán acercarse a Franco de alguna manera —dijo Richthofen.

—Es imposible, Franco está en el frente. Allí me dirijo yo esta noche. Nadie puede acercarse a él —dijo Mola.

—Lo intentarán, puede estar seguro. ¿Quién les podría ayudar?

—Sperrle no les ha apoyado, y el resto del Estado mayor está en el frente —contestó Mola.

—¿No falta nadie? —preguntó el alemán.

—No, que yo sepa.

—Espero que el SIM o alguno de mis hombres los intercepte en Burgos.

—Un momento —dijo el general Mola—, el único que no está en el frente es Vigón. Está un poco mayor y Franco le dijo que se quedara en Burgos, que ya le llamaría si era necesario.

—¿Vigón?

—Sí, un viejo militar. Uno de los hombres en los que más confía Franco —dijo el general Mola.

—Mandaré a un grupo de hombres para que custodie su casa —dijo Richthofen.

—De acuerdo, yo salgo para el frente. ¿Cuándo acudirá usted?

—Yo estoy cerca, saldré mañana temprano.

—Pues mañana nos veremos. Espero que todo salga como está previsto —dijo el general Mola algo inquieto.

—¿Qué puede fallar? El objetivo está preparado, los aviones listos, hemos puesto en alerta a todos nuestros hombres, los periodistas empezarán a publicar noticias y antes de que termine la semana, todo el mundo pedirá la dimisión de Franco. Después lo arrestaremos, se formará un gobierno presidido por usted, con la colaboración de Queipo y Hedilla…—comenzó a recordar el alemán.

—Nuestra intención es que el rey recupere la corona —dijo el general Mola. Sabía que los alemanes no eran muy amigos de la monarquía, pero para él era una condición imprescindible.

—¿Lo ve necesario? Himmler piensa que un rey es un estorbo más que una ventaja —dijo el alemán.

—Himmler no conoce a los españoles. Somos demasiado individualistas, necesitamos una figura por encima de las demás a la que respetar. El rey abdicará en su hijo y la parte más conservadora de los republicanos se rendirá. Encarcelaremos a los comunistas y los socialistas. En un par de años estaremos recuperados y seremos los mejores aliados del Reich alemán —dijo el general Mola.

—No estoy seguro de que Hitler acepte la restauración de la monarquía —dijo Richthofen.

—Italia tiene un rey, pero representa la figura simbólica del estado. El que gobierna es Mussolini —dijo el general Mola.

—De acuerdo, lo importante es desbancar a Franco, todo lo demás vendrá rodado —dijo el alemán.

—Hasta mañana —se despidió el general Mola.

—Hasta mañana —contestó secamente el alemán.

Después de colgar comenzaron de nuevo sus dudas. El bombardeo podía volverse contra ellos. Alemania tenía cada vez peor imagen en Europa. Un paso en falso y la guerra podía estallar. Las potencias democráticas estaban agotadas y desmoralizadas, aunque todavía tenían la suficiente fuerza para enfrentarse. Alemania, en cambio, todavía no estaba preparada. Los próximos dos años eran vitales para rearmar al ejército y crear una estructura militar sólida. Las duras condiciones de Versalles habían deshecho el ejército del káiser y Hitler había tenido que empezar de cero. Todavía duraba la ruda recesión de principios de los años 30 y aún quedaban por recuperar algunos territorios vitales para Alemania, por no hablar del peligro comunista en Rusia. España les abriría la puerta del Mediterráneo, lo que dificultaría los movimientos de los británicos. Tener a un dirigente dócil que se sometiera a la voluntad de Hitler era vital para el nuevo imperio cuya creación era inminente. Richthofen tomó su abrigo y se dirigió a su residencia. Apenas le quedaban unas horas antes de que la Operación Rügen comenzara.

74

Bilbao, 25 de abril de 1937

El lehendakari Aguirre había convocado una reunión de urgencia. El gobierno vasco estaba dividido entre los partidarios de llegar a un acuerdo con Franco y los que preferían seguir luchando, pero las posiciones vascas, aunque fuertes, tenían como talón de Aquiles la falta de aparatos aéreos. Aguirre le había pedido a Azaña nuevos aviones, pero era difícil hacerlos llegar hasta Bilbao.

—Estimados miembros del gobierno, el general Mola ha amenazado por radio al pueblo vasco con el mayor y más mortífero ataque que se haya realizado en la guerra hasta ahora. Nuestros servicios secretos creen que se trata de un ataque aéreo, pero no sabemos cuándo será ni dónde —dijo Aguirre.

—Tenemos que frenar la masacre. Los italianos nos han prometido un acuerdo de paz justo —dijo José María de Leizaola, el consejero de Justicia.

—Los italianos no pueden firmar un acuerdo por separado, simplemente son unos mercenarios enviados por Mussolini —dijo Juan García, consejero de Asistencia Social.

—Pues tus amigos socialistas no están haciendo mucho por Euskadi —dijo Telesforo Monzón.

—Pues tus amigos los curas tampoco es que nos ayuden mucho. Bueno, a lo mejor están rezando por nosotros —bromeó García.

—Caballeros, calma. Necesitamos estar unidos para dar una respuesta conjunta a todos los problemas. El gobierno de Franco no nos ha pedido un nuevo interlocutor, pero el pobre padre Onésimo Arzalluz falleció en pleno proceso de negociación y sería mejor que enviáramos a alguien —dijo Aguirre.

—A mí me han llegado noticias de que lo han matado —dijo García.

—No podemos hacer caso a los rumores —dijo Aguirre.

—Bueno, ¿a qué se referirá Mola con sus amenazas? —preguntó Alfredo Espinosa intentando recuperar el debate.

—Será un farol. En Madrid les han dado por saco a los franquistas, y los italianos han fracasado en Guadalajara. Ahora nosotros tenemos que detenerles en Bilbao. El Cinturón de Hierro resistirá —dijo García.

—Han bombardeado Durango y me imagino que harán algo parecido en Bilbao, pero no tenemos cañones antiaéreos —dijo Santiago Aznar, consejero de Industria.

—No tenemos —comentó Arzalluz—, porque solo fabricamos fusiles y una guerra no se gana con fusiles. Tenemos cien mil hombres, pero ellos tienen tanques, aviones, cañones y a esos malditos alemanes e italianos.

—Bueno, acordemos enviar a un nuevo delegado; por lo menos eso les hará parar unos días. Azaña me ha prometido más aviones —comentó Aguirre.

Todos levantaron la mano menos Ramón María Aldaroso, miembro de Izquierda Republicana, al que un acuerdo con Franco le repugnaba.

—Aprobado por mayoría —dijo el lehendakari.

Los miembros del consejo salieron de la sala a excepción de Aguirre, Leizaola, Monzón y de la Torre.

—No podemos hacer nada con estos rojos —dijo Leizaola—, no querrán llegar a un acuerdo.

—Acaban de votar para que enviemos un nuevo negociador —dijo Aguirre.

—Es para ganar tiempo. Dicen que los socialistas planean sacarnos del poder, no les gusta que confraternicemos con los italianos y hablemos tanto de rendición —dijo de la Torre.

—¿Quién ha hablado de rendirse? —preguntó Aguirre—. Nosotros queremos llegar a un acuerdo.

—Pero un acuerdo a espaldas de Madrid ¿no es una traición a la República? —preguntó Monzón.

—La República no está haciendo nada por nosotros. Nos debemos al pueblo vasco. Que cada uno se las apañe como pueda —dijo Olaizola.

—Antes del verano hay que llegar a un acuerdo —dijo de la Torre.

—Si llegan los aviones, resistiremos. En Vitoria los nacionales han matado a cientos de vascos y han humillado a sus mujeres. No nos rendiremos sin condiciones —dijo Aguirre.

El resto de los consejeros dejaron solo al lehendakari. Aguirre había tenido el honor de ser el primer jefe del gobierno vasco, pero en el peor momento posible. Apenas comenzaban a consolidarse las instituciones vascas y la guerra amenazaba con destruir todo lo conseguido. El pueblo vasco había sobrevivido a muchas vicisitudes, y lo volvería hacer de nuevo si hacía falta.

75

Burgos, 25 de abril de 1937

Juan Vigón se alojaba en una habitación del hotel Norte Londres. Pasaba temporadas en Salamanca, Medinaceli y Sevilla, pero en las últimas semanas el general Mola y el propio Franco le habían pedido que colaborara en las operaciones del Frente Norte. A sus cincuenta y siete años seguía teniendo buena salud, pero añoraba sus años de retiro. La ley Azaña le había jubilado antes de tiempo. Monárquico convencido, no había querido colaborar con la República y había preferido una salida honrosa. Echaba de menos su residencia en Caravia, en su amada Asturias, pero se sentía obligado a apoyar el alzamiento militar. Había observado los diferentes levantamientos obreros en Oviedo y Gijón, sabía lo que era la marea sindicalista y no quería eso para su país. El estallido de la guerra le había pillado en Argentina, arreglando unos negocios familiares, pero se había embarcado de inmediato para España y había ido directamente a Burgos para ponerse a disposición de Franco.

Cuando el botones llamó a la puerta se sobresaltó. Era casi la una de la madrugada y llevaba tres horas durmiendo. Se puso el batín y salió al pasillo. El jovencito le entregó una nota, la leyó rápidamente y le dijo:

—Que suban, aunque no entiendo por qué no puede esperar a mañana.

El anciano fue al baño y se peino; después se puso los pantalones y las botas: no iba a recibir a nadie en pijama. Llamaron a la puerta y se quedó sorprendido al ver a un hombre vestido con un traje civil y una bella mujer morena y de grandes ojos verdes.

—Disculpe las molestias —dijo el hombre.

—Esperaba a un teniente —dijo Vigón sorprendido.

—Soy un oficial del ejército, Alfonso Ros, teniente de la Policía Militar.

—Adelante, no se queden en el pasillo —dijo Vigón.

Alfonso y Dalila pasaron a la habitación. Vigón cedió la silla a la mujer y los dos hombres se quedaron de pie.

—Lamento las horas a las que nos tiene que recibir, pero se trata de algo de vital importancia.

—Ustedes dirán —dijo Vigón con más impaciencia que curiosidad.

—Hay un plan para derrocar a Franco —dijo Alfonso.

Vigón les miró sorprendido. Parecía que aquel hombre estaba hablando en serio.

76

Los soldaos llegaron al *hall* del hotel y cubrieron todas las salidas. Después cinco subieron por las escaleras hasta la primera planta. Se acercaron a la habitación 120 y llamaron. Durante unos segundos no hubo respuesta. Después un hombre vestido con batín, pantalones miliares y botas abrió la puerta. El hombre frunció el ceño y el sargento alemán que estaba al otro lado se puso firme.

—Señor, estamos aquí para protegerle —dijo el alemán con un fuerte acento.

—¿Protegerme? ¿De qué tienen que protegerme? Además, ¿qué hacen unos soldados de la Legión Cóndor protegiendo a un oficial español?

El sargento se quedó mudo unos instantes.

—Señor, creemos que unos peligrosos espías quieren secuestrarle.

—Nunca había escuchado tantas tonterías. Será mejor que regresen a su base, aquí no tienen nada que hacer. De otro modo llamaré al mismo Franco si es necesario. ¿Entendido?

—Sí, Señor —dijo el sargento alemán.

Vigón cerró en las narices del sargento y se giró. Alfonso y Dalila estaban justo detrás de la puerta.

—Se marcharán. A estos alemanes no les gusta meterse en líos —dijo Vigón.

—Pero dejarán vigilancia. ¿Cómo podremos salir del hotel?

—No hay problema, a las cinco de la mañana vienen mis escoltas.

Les vestiré con sus uniformes. Espero que no se note mucho que usted es mujer —dijo Vigón mirando a Dalila.

—Lo disimularemos lo mejor posible —dijo Dalila comenzando a tranquilizarse.

—Ahora será mejor que me vuelvan a contar todo desde el principio —dijo Vigón, que no llegaba a concebir un plan tan retorcido para quitar a Franco del poder.

77

Alejandro Goicoechea Omar entró en la tienda y saludó a Franco. Goicoechea había sido el artífice del Cinturón de Hierro de Bilbao y ahora estaba a punto de traicionar a su pueblo. El Cinturón de Hierro era un complejo sistema de túneles, búnkeres y trincheras que atravesaban todos los montes que rodeaban Bilbao hasta la costa. El ejército del Norte había dejado Álava en manos franquistas casi sin lucha. Su esperanza era hacerse fuerte en Vizcaya hasta que el gobierno republicano lanzara una nueva ofensiva en Brunete, cerca de Madrid. Franco tendría que enviar algunas tropas al sur y los vascos podrían recibir más aviones y artillería pesada para resistir.

—Alejandro Goicoechea Omar, capitán de ingenieros del ejército del Norte —dijo Serrano Súñer presentando al recién llegado.

Franco extendió la mano y saludó al ingeniero. Este intentó estrechársela sin que se le cayeran los rollos que llevaba debajo del brazo.

—¿Ha traído todos los planos? —preguntó Franco sin más dilación.

—Sí, Generalísimo —dijo el hombre soltando todos los rollos sobre la mesa.

—¿Por dónde es más factible atacar? —preguntó Franco.

—El cinturón rodea Bilbao por completo. Cubre más de 80 kilómetros y en él se han construido 180 búnkeres de hormigón de 70 centímetros de espesor. Son inexpugnables —dijo el ingeniero con orgullo.

—De acuerdo, ¿pero cuál es su punto débil? Porque tendrá un punto débil, ¿no? —preguntó Franco.

—Aquí —dijo Goicoechea señalando el mapa.

Todos se inclinaron para leer el nombre de la montaña señalada.

—El monte Gaztelumendi es su punto flaco. Aquí solamente hay una línea de defensa —dijo el ingeniero.

Franco se irguió. En dos ocasiones, informadores habían intentado pasar los planos del Cinturón de Bilbao y habían sido descubiertos y fusilados; aquella traición era la respuesta a sus oraciones.

—Perfecto, machacaremos sus defensas y antes de julio entraremos en Bilbao —dijo Franco sonriente.

78

Villareal, Álava, 26 de abril de 1937

George Steer se encontraba a escasos kilómetros del frente. Un coche le había llevado hasta Álava y por la tarde le acercaría a la ciudad que iba a ser bombardeada. Miró impaciente el reloj: eran las doce del mediodía y comenzaba a tener hambre. En España el almuerzo solía hacerse muy tarde, casi a la hora del té. Observó la fila interminable del campamento y pidió permiso para hacer unas fotos. Después se sentó en una mesa plegable y espero a que le llevaran algo para comer. Afortunadamente no llovía. La lluvia podía haber estropeado la operación y habría regresado al hotel sin noticias, cansado y enfadado. La guerra era así de terrible. Algunos tenían que morir para que otros pudieran vivir. Él era consciente de lo parecida que era su profesión a la de los buitres a la espera de carroña.

Le sirvieron unas lentejas con un poco de pan y vino. No era gran cosa, pero al menos tenía buen sabor. Le gustaba la comida española: sencilla y burda, pero exquisita.

—¿Queda mucho? —preguntó al soldado.

—Algo más de cuatro horas.

—Se me está haciendo interminable —dijo el periodista.

—La guerra es así, no tiene prisa.

Steer anotó la frase en su libreta. Nunca sabías cuando alguien diría algo interesante, y cualquier material podía dar pie a un buen artículo. Saboreó la comida mientras observaba los movimientos monótonos del campamento. La Guerra Civil española le parecía una guerra de harapientos. No había poesía, ni siquiera estética. A veces se preguntaba cómo se distinguían los dos bandos en las batallas. Las minúsculas banderas republicana y monárquica era lo único que les diferenciaban.

Uno de los oficiales se acercó hasta él y comenzó a hablarle:

—Que aproveche.

—Gracias.

—En media hora salimos. La carretera no es muy buena y no llegaremos al objetivo antes de las seis o las siete de la tarde. Le dejaremos allí, a un par de kilómetros y nos volvemos, tendrá que regresar por sus propios medios —dijo el oficial.

—No se preocupe, ya estoy acostumbrado —contestó el periodista.

El oficial se quedó mirando cómo terminaba de comer y después le acompañó hasta el vehículo. El coche no tenía distintivos militares y el conductor vestía de paisano.

—Si le paran los rojos, diga que es periodista. Puede que eso le salve la vida —dijo el oficial.

—Gracias por todo, espero que al menos la noticia valga la pena.

El coche se puso en marcha. Steer miró las hermosas montañas verdes de Álava; aquello le recordaba vagamente a Escocia. Por unos instantes deseó estar en casa, lejos de toda aquella destrucción.

79

Juan Vigón se dio la vuelta cuando Alfonso y Dalila se habían vestido. Eran las siete de la mañana y todavía tenían un largo camino por recorrer. Los tres salieron al pasillo, acompañados por los guardaespaldas. Dalila llevaba el pelo recogido dentro del casco y un amplio abrigo le tapaba en parte el rostro. Llegaron al *hall* del hotel. Parecía despejado pero, sin duda, algunos de los despistados inquilinos eran miembros de la Legión Cóndor disfrazados o de la GESTAPO. Siguieron hasta la salida, donde les esperaba un vehículo. Una vez dentro respiraron aliviados.

—No creo que se atrevan a atacar un coche oficial —dijo Vigón.

Alfonso miró por el cristal trasero. Un coche se puso en marcha y comenzó a seguirles.

—Pues creo que nos siguen.

Vigón miró hacia atrás y después le dijo al conductor:

—¡Acelere! —ordenó.

El coche tomó fuerza justo cuando salía de la ciudad. Sus perseguidores también aumentaron la velocidad y en una larga recta se puso justo al lado, comenzando a golpear el lateral del vehículo. Este se bandeó y estuvo a punto de salir de la carretera, pero al final golpeó al perseguidor y se adelantó un poco.

—¡Esos malditos locos! —bramó Vigón.

Alfonso empuñó su pistola y sacó medio cuerpo por la ventanilla, comenzando a disparar. El coche perseguidor comenzó a moverse hacia los lados.

—No responden al fuego —dijo Alfonso volviendo a meterse en el coche.

—Quieren que parezca un accidente. Si nuestro coche esta cosido a balazos alguien investigará lo sucedido —dijo Vigón.

El vehículo perseguidor golpeó con todas sus fuerzas al otro coche. Los ocupantes sintieron la envestida. Alfonso volvió a sacar la cabeza y disparó a las ruedas. Lo intentó varias veces hasta que reventó uno de los neumáticos. El coche comenzó a dar bandazos y luego derrapó, saliéndose de la carretera.

80

Burgos, 26 de abril de 1937

Günther Lützow sacó un cigarrillo, lo encendió y aspiró con fuerza. El humo inundó sus pulmones. Después miró el reloj: eran las dos y media de la tarde. En media hora tenían que partir para comenzar la misión. Los tres SM 79s italianos habían salido de su base justo en ese momento. Tenían que encontrarse con sus veintiún aparatos antes de llegar al objetivo. La aviación republicana no era problema. Desde que la Legión Cóndor había llegado a España, los aparatos republicanos eran destruidos por decenas. En aquel momento, Franco tenía la superioridad en los cielos, sobre todo en el Frente Norte.

Comprobó de nuevo las hojas de cargas. Cada aparato tenía 250 kilos de bombas normales y 50 kilos de bombas incendiarias. Mucho más de lo que se necesitaba para hacer arder la ciudad por los cuatro costados.

Aunque el puente y la fábrica de armas eran el objetivo oficial, tenían órdenes de bombardear toda la ciudad. Incluido el mercado que aquel día debía estar hasta rebosar.

Günther Lützow pasó revista a las tripulaciones de los bombarderos. Aquellos eran los mejores pilotos de Alemania. Algún día se les recodaría por su valor y entrega a una causa superior, pensó mientras leía sus nombres en alto.

—Hoy haremos historia. Nunca antes una fuerza tan grande combatió y luchó por una causa más noble. No tengáis reparos en soltar vuestros regalos sobre el objetivo. Debemos librar al mundo del comunismo, y en estas lejanas tierras de España estamos luchando por nuestras madres y padres, mujeres e hijos. Hitler nos observa, nuestro juramento sigue en pie. Mientras un alemán tenga aliento, la lucha continuará. Nunca más seremos vencidos ni humillados. ¡*Heil* Hitler!

—¡*Heil* Hitler! —gritaron a coro todos los hombres.

81

Villareal, Álava, 26 de abril de 1937

Juan Vigón se apeó del coche seguido por Dalila y Alfonso. Caminaron por el campamento hasta el puesto general de mando. Entraron en la tienda de campaña, pero estaba casi vacía.

—¿Dónde está todo el mundo? —preguntó Vigón desesperado.

—Están en uno de los puestos de observación, a unos diez kilómetros de aquí —dijo un oficial.

Corrieron de nuevo al coche y se dirigieron al puesto de observación. El tiempo se acababa. La operación podía comenzar en cualquier momento. El coche tuvo que superar varios controles antes de llegar a la zona de seguridad. Cuando llegaron al último, el oficial al mando impidió que Alfonso y Dalila continuaran, únicamente podía pasar Vigón.

—Quédense aquí, no tardaré. En unos minutos vendrán a buscarles. Se lo garantizo —dijo Vigón.

—Pero, ¿qué pasará con nosotros? —preguntó Dalila.

—Nada, en cuanto hable con Franco querrá verles y tendrán que contarle lo que me han contado a mí.

Juan Vigón bajó del coche y completó a pie los cien metros que faltaban para llegar al puesto de observación. Alfonso miró el reloj, Eran las tres de la tarde.

82

A pesar de ser lunes y día de mercado, la ciudad no estaba tan llena como acostumbraba. El alcalde había prohibido la venta ante la proximidad del frente, pero muchos vecinos habían desobedecido la ordenanza municipal y habían acudido al mercado. Después de una semana sin mercado todo el mundo necesitaba rellenar la despensa, mucho más ante los rumores del avance de los nacionales. Si la lucha se prolongaba no podrían salir de sus casas hasta que uno de los dos bandos triunfara y eso podría durar días.

Alicia Muro llegó al mercado a la 3:30 de la tarde. Muchos de los puestos estaban a medio colocar. Los agricultores tenían miedo a los funcionarios municipales, que podían llegar en cualquier momento y decomisarles los productos. En aquel momento la plaza estaba repleta de forasteros, como si los habitantes de la ciudad prefirieran mantenerse al margen o pensaran que la guerra era un juego demasiado serio para pasar tanto tiempo a la intemperie. Desde hacía unos días los aviones recorrían la villa como si buscaran algo, amedrentando con sus potentes motores a animales y personas.

Alicia se acercó a uno de los puestos de hortalizas y compró zanahorias, tomates y un repollo.

—Niña, vuelve a casa —le dijo la hortelana después de que la chica pagara—, no es buen día para andar por la calle. Cuando venía hacia aquí se escuchaba a lo lejos el sonido de los carros de fuego y los hombres de Franco no deben andar lejos.

La muchacha guardó las verduras en su cesta y sin hacer mucho caso se dirigió a otro puesto donde tenían algunas fresas. Entonces escuchó el estruendo de media docena de aviones volando sobre las cabezas de los vecinos de Gernika y supo que algo andaba muy mal.

83

Villareal, Álava, 26 de abril de 1937

Generalísimo —dijo Vigón casi sin aliento. Había corrido hasta la posición de observación y sin más protocolo se había dirigido directamente a Franco.

Todos miraron al recién llegado con sorpresa y enfado. Sabían que a Franco no le gustaba que le interrumpieran en plena operación. Para él la concentración era fundamental. La guerra era un arte, casi una religión, y no podía perderse la concentración en un momento tan importante. Pero en contra de lo que todos pensaban, Franco se limitó a sonreír y preguntó amablemente a Vigón:

—Viejo amigo, ¿qué es eso que no puede esperar a mañana?

—¿Podemos hablar a solas? —preguntó Vigón prudentemente.

—No tengo nada que ocultar al Estado Mayor, todos son colaboradores de máxima confianza.

El general Mola se puso muy tieso y se aproximó a Franco.

—Generalísimo, los soldados están a punto de entrar en contacto con el ejército vasco. No podemos...

—Yo diré lo que podemos y no podemos hacer —contestó secamente Franco. Después puso un brazo sobre el hombro de Vigón y se lo llevó aparte.

—¿Qué sucede? —preguntó Franco impaciente.

—Es algo de extrema gravedad, por eso me he atrevido a interrumpirle. El SIM ha descubierto un complot muy peligroso para intentar desprestigiar su mando y sustituirle.

Franco abrió los ojos y se puso muy serio. Las sospechas de los últimos días se confirmaban. Con un gesto llamó a Serrano Súñer y este se acercó preocupado. La cara de su cuñado lo decía todo.

—Quiero que nos cuente todo de inmediato —dijo Franco llevando a Vigón a unas sillas plegables. Los tres se sentaron mientras el resto del grupo los observaba a lo lejos.

—Caudillo, en el coche me esperan dos de los testigos —dijo Vigón.

Franco hizo un gesto con la mano y uno de sus asistentes se acercó.

—Traigan a los invitados de Vigón.

El asistente se dirigió hasta el coche.

—Lo que le voy a contar es muy grave y puede suponer un problema a escala internacional —dijo por fin Vigón.

Los dos hombres le miraron fijamente hasta que el jefe del servicio secreto respiró hondo y dijo:

—Un complot en el que están implicados militares, falangistas y los alemanes está a punto de sublevarse. Creen que si se bombardea Gernika, eso nos desprestigiará y será más fácil quitarle del poder. Cuando la noticia salga a la luz toda la opinión pública internacional se pondrá en nuestra contra y muchos aprovecharan la oportunidad para pedir su cabeza.

—No lo entiendo. Gernika es un pueblo estratégico, la Legión Cóndor tiene previsto bombardear el puente y la fábrica de armas —dijo Franco.

—No, Caudillo. Ese no es el plan —dijo Vigón mientras veía acercarse a Alfonso y Dalila.

—¿Y cuál es el plan? —preguntó Serrano Súñer.

—Será mejor que se lo cuenten ellos —dijo Vigón señalando a Alfonso y Dalila.

Franco giró la cabeza y observó a la extraña pareja. Si no los estuviera viendo en el frente hubiera pensado que salían de una fiesta elegante, pero sus rostros desencajados y agotados no parecían los de dos personas que acababan de salir de una cena de gala o un baile. Llevaban la muerte escrita en los ojos.

84

Gernika, 26 de abril de 1937

Steer observó la columna de aviones sobre su cabeza y supo que la fiesta estaba a punto de empezar. Sacó la libreta y un lápiz y comenzó a escribir. No podía perderse nada. Su misión era contar lo que estaba pasando para que sus lectores se crearan una opinión sobre la guerra. Reflejar en palabras la muerte, el horror y la guerra no era sencillo. En muchas ocasiones las crónicas eran incapaces de explicar el olor a carne quemada, el odio en los ojos de una madre que abrazaba a su hijo moribundo o el miedo de los soldados antes de entrar en combate.

Observó el cielo casi despejado y las montañas al fondo. Parecía una postal. Sin embargo, el pueblo, desdibujado en una de las laderas, comenzó a echar un humo negro que preconizaba el fin de aquella jornada. Se alegró de estar allí, de ser el primero en contarlo, pero al mismo tiempo sintió que la última capa de humanidad que le quedaba se escapaba en cada renglón que escribía.

Se detuvo un momento y miró la ciudad con lástima, como un pintor que no lograba reflejar el alma de un paisaje en su lienzo en blanco. Después cerró los ojos y las palabras comenzaron a fluir en su cabeza. Nadie olvidaría jamás aquella jornada. Él se encargaría de ello.

Por unos instantes creyó oír los gritos de la gente que corrían como hormigas de un lado al otro, pero después imaginó que aquello era una visión e intentó no personalizar aquellas minúsculas caras. Las balas y las bombas parecían más amables cuando no mataban a personas y se limitaban a exterminar localidades o se convertían milagrosamente en cifras y en listas de nombres que no significaban nada. El milagro del anonimato era lo que los hombres como él necesitaban para atajar a su propia conciencia. Y aquella tarde necesitaba llegar antes que ella al lugar secreto en el que los hombres dejan de ser humanos y se convierten en algo parecido a las bestias.

85

Un Donier Do 17 se aproximó al objetivo y Günther Lützow miró por la ventanilla el manto de calles y casas que había debajo de sus pies. Por unos instantes pensó en la primera vez que había tomado los mandos de un avión. La sensación de ver el mundo de una forma distinta al resto de los mortales. Se acordaba de que enseguida había pensado que de esa manera debía verles Dios, como una especie de insectos insignificantes. Como si a cuantos más pies de altura estuvieras menos importantes fueran las vidas de los que estaban en tierra.

Lo único que lamentaba era destruir aquella alfombra perfecta de edificios y calles rectas, la hermosa iglesia y los edificios emblemáticos de la ciudad.

Günther Lützow hizo un gesto al artillero. Su avión tenía el privilegio de lanzar la primera carga. Así se escribía la historia, pensó mientras el artillero abría la pequeña puerta en el interior de la nave y una a una comenzaba a soltar a mano las bombas. Hasta doce pesadas bombas de 50 kilos salieron de la barriga del avión. Silbaron durante más de medio minuto, como si se resistieran a explotar, y después sus detonaciones fueron seguidas, casi sin descanso.

El copiloto miró a Günther Lützow y señaló con el pulgar hacia abajo. El oficial se asomó y observó las columnas de fuego ascender en medio de las calles. Algunas de las casas comenzaron a tambalearse y otras se destruyeron sin más.

—Hemos acertado —dijo el copiloto eufórico.

Günther Lützow sonrió. Aquella guerra era tan solo un ensayo, la puesta en escena de un drama mucho más largo y excitante. Por unos momentos imaginó que aquel maldito pueblo era París y que por fin pagaban a los franceses las atrocidades que habían hecho contra Alemania. Entonces el resto de aparatos comenzó a tapar el cielo de Gernika.

86

Ana Muro escuchó el silbido de las bombas e instintivamente se escondió debajo de uno de los soportales de la plaza, como si las bombas fueran gotas de lluvia de las que le pudieran proteger las tejas rojas de los edificios.

Las bombas, afortunadamente, sonaron lejanas, en las casas al lado del puente y en los campos aledaños. Cuando los silbidos cesaron Ana corrió en dirección contraria al avión con la esperanza de escapar, pero otros tres surcaron el cielo despejado de la tarde. Volaron tan cerca que pudo observar la bandera italiana pintada en sus colas.

Ana se metió en uno de los portales con la respiración entrecortada. Sacó una medalla de la virgen y comenzó a besarla mientras pronunciaba una oración en tono bajo para que los aviones no la encontraran.

Las bombas comenzaron a silbar de nuevo, pero esta vez más cerca, tan cerca que pudo verlas impactar sobre el empedrado de las calles de Gernika.

87

Villareal, Álava, 26 de abril de 1937

El general Mola observó a la pareja desde la distancia. Desconocía la información que podían facilitar a Franco, pero notó como la boca de su estómago se estrangulaba y le subía la bilis a la garganta.

Entonces se decidió a aproximarse. Caminó despacio, sin prisa, y cuando estuvo a la altura del grupo se quedó quieto mientras el hombre y la mujer le hincaban la mirada.

—Generalísimo, esto es una trampa. Este hombre y esta mujer son espías comunistas —dijo el general—. Ayer por la noche asaltaron la residencia del general Sperrle.

Franco miró al general confuso, y después se dirigió al hombre y la mujer.

—¿Eso es cierto? —preguntó.

—Sí, pero tiene una explicación —dijo Alfonso.

—¿Qué explicación?

—Pensamos que Sperrle podía parar la Operación Rügen —dijo Alfonso.

—¿La Operación Rügen? —repitió Franco mirando al general Mola.

—La Operación Rügen simplemente consiste en bombardear algunos puntos estratégicos de la ciudad de Gernika para que nuestras tropas no encuentren resistencia en su avance —dijo Mola.

—¿Cuántos aviones participan en la operación? —preguntó Franco.

—Son cuatro escuadrillas de Ju-52, la escuadrilla Vb 88, un Heinkel

He 111, un Donier Do 17 y una escolta de cazas —dijo Mola.

—¿Todos esos aviones para destruir un puente? —preguntó Franco.

—También hay una fábrica y algunos acuartelamientos…

—No me venga con monsergas. Quiero que paren la misión de inmediato. ¿Entendido? —dijo Franco fuera de sí.

—Pero, Señor… —intentó explicarse Mola.

—No me importa la vida de esos malditos vascos, si fuera por mí arrasaría todas las Vascongadas y terminaría con esa peste nacionalista, pero no quiero que media Europa se eche encima de mí —dijo Franco colérico.

—Es imposible detener la operación. Los aviones ya están bombardeando Gernika —explicó Mola.

—Virgen santa —dijo Franco—. Aborten la misión como sea.

El general Mola se quedó pálido. Sabía que el SIM no tardaría mucho en averiguar su participación en la conspiración. Tenía que ganar tiempo; si todo salía como estaba previsto, Franco sería destituido en pocas horas.

—Sí, Señor —dijo retirándose. Se alejó del grupo y tomo un vehículo. Naturalmente no iba a ordenar que se abortara la operación, pero era mejor escapar de la cólera del Generalísimo antes de que el resto del plan saliera a la luz.

88

Gernika, 26 de abril de 1937

Tres aparatos italianos de la Aviación Legionaria se aproximaron por el norte de la ciudad. Eran tres Savoia-Marchetti S.M. 79 «Sparviero» de la 280 Escuadrilla. Habían salido de su base en Soria con la misión de lanzar treinta y seis bombas de 50 kilos sobre el puente del río Oca. Se aproximaron al objetivo y contemplaron la ciudad apenas tocada por las bombas. Un fuerte viento de costado les impedía precisar la trayectoria de los proyectiles, pero cuando divisaron el río comenzaron a lanzar las bombas.

El piloto observó cómo algunas personas se afanaban por cruzar a uno y otro lado, mientras otros corrían por los caminos y los campos buscando refugio.

Unos minutos más tarde, un Heinkel He 111 B sobrevoló de nuevo la zona y lanzó bombas sobre el puente y la estación de tren. El primer objetivo quedó completamente indemne, pero la estación de tren sufrió algunos daños.

Los cielos de Gernika recuperaron la calma mientras las columnas de humo tapaban la luz del sol del atardecer.

89

Villareal, Álava, 26 de abril de 1937

Alfonso y Dalila narraron a Franco todo lo que habían descubierto en los últimos días. El Caudillo y su cuñado no salían de su asombro. La conspiración era más general y profunda de lo que habían supuesto. Implicaba a la Falange, la embajada de Alemania, la Legión Cóndor y al mismísimo ejército.

Franco buscó un transporte para Alfonso y Dalila. Ahora debían protegerles hasta que la conspiración fuera desbaratada.

—Muchas gracias por su servicio a España —les dijo Franco.

—De nada, Generalísimo. Era nuestro deber —dijo Alfonso justo antes de subir al coche.

Miró por la ventanilla. El rostro de Franco tenía una mezcla de confusión y rabia. Sin duda, sería despiadado con sus enemigos. No había llegado al puesto de jefe del Estado por casualidad. Su ascenso había supuesto un meticuloso y estudiado proceso. Ahora no dejaría que nadie le quitara el puesto.

El coche se puso en marcha. Dalila y él se mantuvieron en silencio. Por su cabeza le rondaba la idea de que, de alguna manera, había vendido su alma al Diablo. Era cierto que ya no le quedaba más remedio que denunciar la conspiración si no quería aparecer en una cuneta asesinado, pero no creía que Franco fuera mejor que sus enemigos. En cierto modo era incluso peor, ya que lo que le movía era un deseo irrefrenable de ambición y poder.

El eco vacío de la guerra retumbaba en las montañas y se extendía por los valles de toda España.

—¿Crees que hemos evitado la matanza? —preguntó Dalila.

—Ojala —dijo Alfonso, aunque no había pensado en la muerte de seres inocentes en casi ningún momento.

—Espero que nuestro esfuerzo no haya sido en vano —dijo Dalila abrazándole.

—En una guerra cae mucha gente, da igual salvar a unos pocos. La muerte se cobra de todas maneras su precio —dijo Alfonso.

Las sombrías palabras de Alfonso horrorizaron a Dalila, pero la seguridad de sentirse a salvo comenzó a tranquilizarla. Al cabo de unos minutos estaba dormida y tal vez soñando con una vida mejor.

90

na aprovechó la tranquilidad después de las últimas bombas para correr hacia su casa. Una nube de humo cubría parte de las calles, pero otras muchas quedaban intactas, como si la normalidad se resistiera a desaparecer del todo. Corrió cuesta arriba. A su alrededor la gente huía en todas direcciones. Algunos iban a los refugios que se habían creado, pero la mayoría simplemente corría sin saber adónde.

Cuando Ana llegó a la puerta de su casa respiró aliviada. Por un momento había pensado que ya no existía, que una bomba la había destruido, pero por aquella zona ninguna casa había sido alcanzada. Subió las escaleras del portal y llegó hasta su piso. La puerta estaba abierta y en la casa solo se encontraba su madre, María. Al verse se abrazaron sin mediar palabra. Ana lloró, pensando que todo había pasado.

Un par de minutos más tarde el estruendo de casi una veintena de aparatos volvió a perturbar la tranquilidad de Gernika.

Ana se asomó a la ventana y vio los aviones con sus panzas negras volando bajo, con total impunidad. Su madre la cogió del brazo y por unos instantes se quedaron paralizadas sin saber qué hacer.

—Madre, más aviones.

—Tenemos que bajar al sótano —dijo la madre.

Las dos corrían escalera abajo cuando el edificio comenzó a sacudirse por la vibración de las bombas. Los cristales estallaban en mil pedazos y la madera de la escalera crujía y se hacía astillas bajo sus pies. Cuando llegaron al portal se encontraron con algunos transeúntes y un par de vecinos vestidos con ropas de estar en casa. Justo cuando comenzaban a bajar por la escalera que conducía al sótano, una bomba dio de lleno sobre el edificio y una gran nube de polvo lo cubrió todo por unos momentos.

91

Los nueve aparatos penetraron en el cielo de la ciudad alrededor de las seis y media de la tarde. La población llevaba más de dos horas sufriendo el bombardeo más largo de toda la guerra.

Los diecinueve bombarderos Junkers de la 1ª, 2ª y 3ª Escuadrilla pasaron en oleadas de tres. A los lados les escoltaban cinco cazas Messerschmitt Bf 109 B y CR 32 italianos.

Los primeros aviones de la 1ª Escuadrilla, dirigidos por von Kanauer, lanzaron la primera carga de bombas de 50 kilos. El humo del fuego y de las explosiones dificultó la visión de las otras escuadrillas, que lanzaban las bombas al azar. La 2ª Escuadrilla, comandada por el teniente von Beust, lanzó la mayor parte de su carga sobre las calles de la ciudad. Los bombarderos de la 3ª hicieron lo mismo bajo las órdenes del capitán von Delmensingen.

Los cazas no se limitaron a escoltar a los bombarderos, ametrallaron a la gente que corría de un lado para el otro. La orden era causar el mayor daño posible y muchos vecinos murieron abrasados por el fuego o ametrallados por los cazas.

Decenas de cuerpos se extendían por las pacíficas calles de la ciudad. Algunos vecinos salieron de sus refugios cuando escucharon que se alejaban los aviones para ayudar a sus vecinos. El fuego se había propagado de tal manera que era imposible de apagar.

Las bombas incendiarias extendieron el fuego rápidamente y el aire se hizo irrespirable. En unas horas, la histórica capital del pueblo vasco estaba arrasada. Milagrosamente, el Árbol de Gernika se mantenía en pie, uno de los símbolos del autogobierno de los vascos, mientras alrededor todo era desolación. Gernika era ya una ciudad muerta.

92

Ana tosió. El aire era irrespirable. Buscó a su madre a tientas, pero hasta que el humo y el polvo no se disiparon no la vio.

Su madre estaba tumbada sobre el suelo. Una viga de madera la tapaba en parte el rostro. Ana se agachó e intentó mover la viga, pero fue imposible. Cuando se aproximó al rostro observó los grandes ojos azules de su madre abiertos, con la mirada perdida, como si pensara. La agarró por la nuca y comenzó a hablarla desesperada.

—¡Madre, despierte! —gritó.

No obtuvo respuesta. La cabeza se zarandeaba por los movimientos bruscos y desesperados de Ana. Entonces se quedó callada. Había comprendido que su madre ya no estaba allí. Abrazó el cuerpo inerte y comenzó a llorar.

Un vecino quitó la viga. El vestido de la mujer estaba cubierto de sangre. Ana se aferró el cuerpo liberado con más fuerza y se quedó así, abrazada a él, mientras el silencio comenzaba a extenderse por la ciudad. El sonido de las bombas dejó paso a los gritos desesperados de los heridos y al angustioso lamento de los vecinos que habían perdido a algún ser querido.

Desde el cielo, la alfombra de casas y calles era ahora un amasijo de piedras, fuego y humo.

El puente y buena parte de las fábricas y la estación permanecían intactos, como si la excusa para el bombardeo estratégico no fuera tan importante como para al menos disimular la destrucción de una ciudad entera y sus objetivos principales.

Gernika se convertía en la primera ciudad arrasada por un bombardeo aéreo, detentando el dudoso honor de convertirse en un símbolo de la barbarie de la guerra.

Los periodistas no tardaron en llegar al olor de la sangre y la noticia. El mundo entero no sabrá nunca el por qué.

93

George Steer llegó a la ciudad justo cuando los últimos aviones abandonaban sus límites. Entró por el puente intacto y llegó a los arrabales totalmente arrasados. Después recorrió lo que quedaba de las calles. En algunos casos las fachadas era lo único que se mantenía en pie, como los decorados de un drama recién representado.

El periodista caminó entre los muertos y heridos apuntando sus impresiones. Su estado de concentración era tal que apenas olía la carne quemada ni experimentaba ninguna emoción ante el paupérrimo paisaje que se encontraba a su paso.

Llegó hasta el corazón mismo del pueblo. Los resto del mercado se confundían con los miembros amputados de algunos cadáveres y los perros recorrían las calles comiendo las extremidades de los burros y caballos reventados por las bombas.

Entró en uno de los edificios y vio a una joven rubia abrazada al cuerpo inerte de su madre. Les hizo una foto y anotó algunos detalles en su libreta. Aquella patética escena era perfecta para comenzar su crónica del día.

Después se dirigió a un hombre que conservaba intacta una pequeña furgoneta y le ofreció dinero para que le acercara a Bilbao. Tenía que mandar un telegrama cuanto antes y dar la noticia el primero.

Unas horas más tarde, cuando dejó la noticia en la oficina de correos y se dirigió a un hotel, no pudo evitar que la euforia lo embargase. Después de dar aquella noticia su jefe le dejaría en paz por un tiempo. No descartaba que alguna de las academias de periodistas le concedieran un premio.

Tumbado en la cama le vino a la mente el rostro de aquella pobre chica rubia. Entonces se echó a llorar. Por unos instantes comprendió que lo que había sucedido aquella tarde era horroroso y que acercaba a la raza humana a su inevitable destrucción.

94

Burgos, 26 de abril de 1937

Wolfram von Richthofen esperaba a pie de pista la llegada de los pilotos. Los primeros aviones aparecieron por el cielo y comenzaron a aterrizar por orden. Cuando estuvieron todos los pilotos en tierra se acercaron a Richthofen y se colocaron en posición de firmes.

—Hoy es un día que pasará a los libros de Historia. El 26 de abril de 1937 los voluntarios de la Legión Cóndor, por amor a Hitler, al nacionalsocialismo y a todos los pueblos libres, destruyeron la voluntad de los comunistas.

Los pilotos y el resto de las tripulaciones no pudieron disimular su emoción. Gracias a ellos se acortaría la guerra y España sería pronto libre.

—El ministro Göring les manda sus felicitaciones personales —dijo Richthofen—. Todos ustedes tendrán un prolongado permiso y podrán regresar unos días con sus familias. Felicidades muchachos.

El grupo se disolvió entre vítores. Wolfram von Richthofen se alejó complacido. Todo el plan había salido a la perfección. Había hablado con el general Mola y en unas horas comenzaría a colocar sus hombres en lugares estratégicos; liberaría a Hedilla y pediría la dimisión de Franco y el regreso del rey. Se sentía eufórico. Hitler no conocía todavía la noticia, pero sin duda aplaudiría la operación. Alemania había demostrado lo que era capaz de hacer con sus enemigos y aquello era solo el principio.

Se acercó a su vehículo y contempló por última vez los aviones sobre la pista. Su belleza bajo la luz del atardecer le turbó. La guerra era la más bella sinfonía del mundo y aquellos aparatos sus instrumentos más precisos. Si Inglaterra, Francia y sus amigos no entendían la melodía de aquella canción, peor para ellos. Si era necesario arrasarían toda Europa hasta que aprendieran la lección.

95

Las primeras noticias que llegaban de Gernika eran alarmantes. Al parecer casi una cuarentena de aviones alemanes había arrasado la ciudad hasta no dejar piedra sobre piedra.

El lehendakari Aguirre miró el informe con incredulidad. No era posible que se hubieran atrevido a tanto, pensó. Después arrugó con las manos el papel y lo apretó fuerte dentro del puño.

En unas horas el pánico se extendería por todo Euskadi y la gente comenzaría a rendirse en masa. De alguna manera, la guerra estaba perdida. Ahora solo quedaba negociar la paz en las mejores condiciones, aunque eso supusiera hacerlo por separado, sin contar con el gobierno de la República.

Se asomó al ventanal y observó a la gente paseando tranquilamente al frescor de la noche. El sueño de una Euskadi libre e independiente acababa de hacerse añicos: él sería el primer y último lehendakari. Todo el trabajo de los últimos años y la lucha de su partido durante décadas no había servido para nada.

Llamó al secretario y le pidió que redactara una carta urgente. El gobierno vasco estaba dispuesto a rendirse, pero todavía tenía que intentar salvar algo, aunque solo fuera el respeto de sus fueros.

En ese momento entró en el despacho Telesforo Monzón.

—¿Te has enterado de lo de Gernika? —preguntó el consejero.

—Sí, acabo de leer el informe. Ha quedado todo arrasado.

—La Casa de Juntas y el Árbol de Gernika han permanecido intactos, eso es un buen presagio. La vitalidad del pueblo vasco sigue en pie.

—No creo que muchos estén de acuerdo. Hemos perdido, Telesforo, y lo único que nos queda es ahorrar más sufrimiento a nuestro pueblo. Franco es capaz de arrasar todas y cada una de las ciudades de Euskadi para ganar esta guerra —dijo Aguirre.

—El Cinturón de Bilbao le parará los pies —dijo el consejero.

—El ingeniero Alejandro Goicoechea ha pasado los planos a los nacionales, ahora solo queda esperar el ataque —dijo Aguirre.

—Ostias… será hijo de puta… —dijo Telesforo.

Los dos hombres se quedaron en silencio. Pensaron en sus familias y en el camino que se les abría por delante. Tendrían que perder para siempre sus sueños y abandonar su amada tierra para poder salvarla.

96

Las noticias corrieron como la pólvora: Gernika había sido arrasada por las bombas, como tenían previsto. Al día siguiente sería liberado. La cabeza de Hedilla no podía parar. Imaginaba las primeras medidas que tomaría cuando formara parte del gobierno. Una de ellas sería el encarcelamiento de Franco por alta traición. ¿Acaso no había sido él quien había dejado morir a José Antonio en Alicante?

Se levantó de la cama y comenzó a caminar inquieto por la celda. Debían ser las nueve de la noche, pero se sentía completamente despejado. Entonces escuchó ruido por el pasillo. ¿Quién venía a verle a esas horas? Era demasiado pronto para que el complot hubiera triunfado. Notó como se le erizaban los pelos de la nuca y se apartó instintivamente de la puerta.

La celda se abrió en medio del rechinar de los cerrojos y la cara del fiscal apareció de nuevo ante sus ojos. El hombre largo y delgado le miró con desprecio y después se sentó en la silla. Abrió un maletín y extrajo unos documentos.

Hedilla le miraba en silencio, fascinado y asustado al mismo tiempo. Aquel hombre podía traer la orden de su liberación o su condena a muerte.

—Don Federico Manuel Hedilla Larrey, nacido en Ambrosero, Cantabria, el 18 de julio de 1902. Hijo de Don Manuel Hedilla Collado y Doña Josefa Larrey. Por el poder a mí conferido, yo, Don Francisco Franco Bahamonde, Jefe de los Ejércitos y Jefe del Estado, ratifico la condena a muerte por traición a Don Federico Manuel Hedilla Larrey.

La pena será ejecutada antes del mes corriente. No cabe apelación ni remisión de la pena anteriormente expuesta. Firma Don Francisco Franco Bahamonde, Jefe de Estado y Jefe de los Ejércitos.

Hedilla escuchó en silencio, con un nudo en la garganta y con la certeza que su lucha había terminado. Sintió alivio y decepción, como si las dos partes que luchaban en su interior acabaran de ponerse de acuerdo.

—¿Tiene algo que alegar? —preguntó impaciente el fiscal.

—No, tan solo que moriré por España.

El fiscal se puso en pie y sin mediar palabra abandonó la celda. El ruido metálico de los cerrojos despertó a Hedilla de su letargo. Entonces lloró, pero no de pena. Sentía rabia porque con él moriría la idea de España que había creado José Antonio. Se puso de rodillas y rezó como nunca lo había hecho. Al menos Dios le daría parte de la justicia que le negaban los hombres.

97

Salamanca, 26 de abril de 1937

Wilhelm Von Faupel tomó de la bandeja de plata el telegrama proveniente de Burgos. No necesitaba leerlo, procedía de la secretaría del gobierno y era sin duda su carta de expulsión.

Se levantó de la silla dejando el sobre encima de la mesita y se sirvió un buen trago de brandy. Saboreó la copa y después se dirigió directamente al escritorio. Sacó una de las hojas con membrete de la embajada y escribió una carta a sus superiores. Renunciaba al cargo de embajador en España. Regresaría a Berlín y, si las autoridades se lo permitían, llevaría el Instituto Iberoamericano en Alemania.

Algo había salido mal. Franco se había enterado de la conspiración y quería deshacerse de todos sus enemigos lo más rápido posible. Después escribió una segunda carta a Franco pidiendo el indulto de Manuel Hedilla y ofreciendo Alemania como un posible lugar de destierro. Cuando terminó las cartas se acercó de nuevo al telegrama y lo abrió.

Franco había conseguido consolidar su poder. España giraría en la órbita alemana, pero el sueño de convertir el país en un nuevo territorio nacionalsocialista se había esfumado.

Miró el reloj y se dirigió a sus habitaciones. Aquel había sido un día muy largo. En unas horas el mundo descubriría con horror la muerte de miles de personas y Alemania sería acusada de barbarie, pero ellos escribirían la historia en el futuro. Al fin y al cabo, la memoria era la parte más frágil del hombre. Si se cercenaban los recuerdos el hombre se convertiría en una simple marioneta del poder. La historia siempre la escriben los vencedores y Wilhelm von Faupel no dudaba, ni por un momento, de que Alemania ganaría la futura guerra en Europa. Entonces su reino no tendría fin. El nuevo Reich duraría cien años.

98

Apenas notaba el cansancio y la sensación de suciedad. Llevaba el mismo uniforme de por la mañana, a pesar de ser más de las diez de la noche. A esa hora solía estar dormido, pero tenía que actuar cuanto antes. Ya había expulsado al embajador de Alemania y también había firmado la sentencia de muerte de Hedilla, pero todavía quedaba mucho por hacer.

Vigón había hecho una lista con los militares sospechosos de la conspiración. La encabezaba el general Mola, y también estaban algunos de los militares más importantes del alzamiento.

—¿Qué vamos a hacer? —preguntó Vigón.

—Un consejo de guerra a todos esos malditos traidores —dijo Franco.

—Francisco, si hacemos eso, mañana mismos seremos nosotros los que suframos un consejo de guerra. Algunos de los conspiradores se pueden recuperar a nuestra causa, podemos ascenderlos y situarlos en un buen puesto —dijo Serrano Súñer.

—¿Qué? ¿Quieres que premiemos a esos traidores? —preguntó Franco indignado.

—Únicamente a los recuperables, otros tendrán que ser neutralizados en puestos menos importantes y unos pocos será mejor que desaparezcan —dijo Serrano Súñer.

—¿Qué propones? —preguntó Franco.

—Mano dura a los falangistas. Al fin y al cabo, nadie va a defenderlos. Pero con los militares guante de seda. El elemento más peligroso es Mola —dijo Serrano.

—El general Mola es un pilar del movimiento, no podemos hacerle un consejo de guerra —dijo Vigón.

—Hay otras formas —insinuó Serrano.

Franco sonrió a su cuñado. En muchas ocasiones le exasperaba su seguridad y las confianzas que se tomaba con él, pero tenía que reconocer que era único para solucionar problemas difíciles.

—Pero no podemos pedir a los servicios secretos que se ocupen de él —dijo Vigón.

—Tengo al candidato perfecto —comentó Serrano con una leve sonrisa.

99

Burgos, 26 de abril de 1937

El hospital estaba casi vacío. Los heridos habían sido trasladados a Valladolid y Salamanca en previsión de la nueva campaña que se avecinaba. Alfonso y Dalila se habían enterado, tras su llegada a Burgos, de que Raymond estaba vivo. Enseguida habían pedido poder visitarle. El SIM les había asignado una escolta y se había presentado a las doce menos cuarto de la noche.

Raymond estaba en una cama limpia, en medio de un largo pasillo de camas vacías. Apenas había luz, pero no les costó localizarlo de inmediato. Se acercaron sin hacer ruido. No querían despertarle. Dalila se aproximó a la cama y tocó la frente del herido. Estaba algo fría; tomó las sabanas y le arropó. Los dos se miraron sonrientes y justo cuando estaban a punto de irse escucharon la voz débil del alemán.

—Eh, ¿dónde van?

Alfonso se dio rápidamente la vuelta. Allí estaba la cara sonriente y pálida de su amigo. Cuando le conoció nunca hubiera pensado que tuvieran nada en común, en cambio ahora sabía que precisamente era eso lo que les unía.

—¿Cómo te encuentras? —preguntó Dalila.

—Me duele todo el cuerpo.

—Lo importante es que estás vivo —dijo Alfonso.

—¿Lo lograste? —preguntó Raymond impaciente.

Alfonso no supo qué contestar. Habían logrado frenar la conspiración y lograr un ascenso, pero dudaba de que aquello fuera lo mejor que podía pasarle a España.

—Sí, por lo menos en parte.

—Has hecho lo correcto —dijo Raymond adivinando los pensamientos de su amigo.

—Espero que tengas razón, pero no es momento para hablar de cosas tristes. En cuanto estés bien tendremos que organizar una buena fiesta —dijo Alfonso.

—Me imagino que yo regresaré a casa, pero te prometo que haremos esa fiesta —dijo el alemán intentando parecer contento.

Alfonso le abrazó y por unos instantes notó algo parecido al cariño. Después se separaron y Dalila le dio un beso en la frente al herido.

—Nos veremos pronto, hoy ha sido un día muy intenso —dijo Alfonso mientras saludaba al enfermo.

El hombre y la mujer se separaron de la cama y caminaron por el pasillo. Antes de salir de la estancia se dieron la vuelta y saludaron a Raymond con la mano.

Una vez fuera del edificio Dalila se apoyó en el hombro de Alfonso. En unos días su vida había cambiado por completo, pero él seguía teniendo la extraña sensación de que había vendido su alma al Diablo y el Diablo siempre cobra sus deudas.

100

Alcocero, Burgos, 3 de junio de 1937

El avión hizo un último intento de retomar altura, pero el morro volvió a caer. La niebla apenas dejaba ver a más de un metro de distancia y el general Mola se sorprendió pensando en aquel momento en la discusión que había tenido con Franco el día anterior. Desde el fallido golpe, Mola había notado la presión que el Generalísimo ejercía sobre él. Le había relevado de algunas funciones y otras eran supervisadas directamente, sin que pudiera tomar decisiones personales.

Los republicanos habían logrado llegar a la Granja de San Ildefonso en Segovia y Franco había culpado a Mola. Aquel mismo día había salido de Valladolid en dirección a Burgos para ver a Franco. Después tenía previsto viajar a Segovia para evaluar la situación.

El capitán Ángel Chamorro García se giró y le dijo al general:

—Algo anda mal. No puedo hacerme con el aparato.

—Venga Ángel, que eres uno de los mejores pilotos de España —dijo el general Mola.

—El motor está fallando, si se para nos vamos a pique —dijo el piloto.

Apenas había pronunciado esas palabras cuando el motor dejó de ronronear y el avión comenzó a descender a toda velocidad. Unos segundos más tarde el aparato se estrellaba sobre las solitarias serranías.

Cuando encontraron el cuerpo, las manos del general Mola estaban aferradas a su cámara de fotos, mientras sus ojos abiertos y muertos contemplaban la oscura blancura de la niebla.

Epílogo

El entierro fue multitudinario. La Legión Cóndor rindió honores al general Mola y el todavía embajador von Faupel representó a Alemania en el acto. El general Yagüe presidió la ceremonia con gran solemnidad, mientras Franco miraba con indiferencia el reloj y pensaba que negar el bombardeo había sido la única salida plausible. Muchos querían su cabeza, pero por ahora tendrían que esperar, pensó al tiempo que el cura daba la homilía.

Entre la multitud, un hombre vestido con un impecable traje gris observaba la ceremonia. A su lado una bella mujer morena permanecía seria, como si prefiriera estar en cualquier otro lugar.

Alfonso observó el féretro y después miró a Franco en los asientos de autoridades. A su mente acudió la imagen del aeródromo de Valladolid la noche del 2 de junio. Era difícil calcular donde caería el avión, pero el mecánico le había prometido que sería dentro de sus líneas. No se sentía orgullo de lo que había hecho, pero todo había terminado como estaba previsto. Hasta el muerto había salido beneficiado. Ahora el general Mola era un héroe y España sabía como tratar a sus héroes.

40647097R00163

Made in the USA
Middletown, DE
18 February 2017